根本真情系列 3

心寬路更廣

林怡種 /著

序

一本草地狀元的生活書

——仰慕者的幾句心裡話

/陳欽進

一口氣讀完根本兄「心寬路更廣」的書稿，除了舒暢外，實在沒有更好的形容！說實在話，書中的文章，均是林怡種以「根本」為筆名，發表於金門日報的「浯江夜話」專欄，雖皆早已陸續品讀，如今手捧書稿，讀來雖不新奇，卻依舊篇篇動人、深刻雋永。

記得四年前，從廈門瀟灑丟了飯碗返鄉，突然興起寫作的念頭。或許，寫作不難，然難在於怎麼寫得好、寫得精彩、寫得動人、寫得雋永。經過一次投稿的機會，我認識了根本兄——那是報社副刊主編寫給一位文壇新手的電郵，其中有期許嘉勉，更有文人少有的相知相容。因為那一次的機緣，有幸親炙主編的風采，拜讀他的大作；才發現什麼叫寫得好、寫得精彩、寫得動人、寫得雋永。

喜歡寫作的文友都知道，寫長篇不難，短文卻最折煞人。因為，要在六、七百字的小品文裡，完整的敘事憶舊、抒發感懷、引喻論理，若沒有深厚的國學素養、文字功力，斷難克竟其功。然而，根本兄做到了，行雲流水的文氣、字字珠璣的斟酌，著實令人驚豔。

根本兄的方塊文章，皆源自生活、取之生活，或評論時事、借物喻人；或生活偶感、自我期勉，卻都牽動著金門大時代的鎖鏈；其中，俯拾皆是的鄉野俚俗、尋常時事；唾手可得的生活涓滴、人際互動，都能化成筆下的精準文字，凝住觀感、鎖住悸動；除此之外，讀根本兄的書，還有一個最大的收獲，便是可藉以一探金門戰地風采，親歷浯島發展歷程。讀罷，每令人擊掌讚嘆、回味無窮。

「心寬路更廣」一書即將出版，這是一本「草地狀元」的生活書，談的是最平凡不過的生活。本書之精彩，實非吾之禿筆所能形容；謹以一位仰慕者的心情，誠摯邀請大家一同悠遊字裡行間，感受舒暢與豁朗！

二〇〇七年十月九日

目次

心寬路更廣

屋簷下，今年又築了三個新燕巢，母燕自啣泥伊始，每天忙進、忙出，稍個不留神，新巢已孵出乳燕；母燕捕蟲餵食，順便叼走雛燕糞便，飛進、飛出，顯得忙碌異常！

燕子是一種候鳥，秋去春回，每年清明前夕，飛越千山萬水，又回到出生地啣泥築巢，繁衍下一代；中元節前，再振翅遠颺，飛到南洋群島避冬。大家都知道，燕子捕食蚊蟲，減少病媒傳播，對人類是一種益鳥，更是人類的好朋友！

然而，屋簷下燕巢疊床架屋，燕糞如雨紛飛，出入門庭常常糞便臨頭，特別是停在門口的汽車，母燕捕捉蚊蟲餵食巢中乳燕，順便啣走燕兒排泄物，飛出屋簷即張口拋棄，於是，乳燕糞便常常落滿汽車頂與擋風玻璃；雖然，燕糞不發臭，卻顯得十分骯髒，每次開車出門前，若不洗車，真是不堪入目，因此，每年夏天清洗車頂的燕糞，著實讓人不勝其擾！

說真的，房子是自己費盡心血掙錢所買，法律賦於我擁有絕對的權利，選擇要不要讓牠築巢，只要我不高興，隨時可以讓牠們巢毀鳥亡，值得特別強調的是，我要讓牠們難看，牠們拿我一點辦法也沒有，既不會狀告傷害，將來也不會冤家路窄，可是，損人而不利已，那是傻瓜的行徑，智者所不為！

何況，牠們飛越千山萬水，會選擇在家門前築巢，「既在佛下會，都是有緣人」，何必拒人於千里之外？再說，每一粒乳燕糞便，正是母燕辛勤捕捉蚊蟲的結晶，為人類默默消滅病媒，感激都來不及，何忍為那麼一丁點乳燕糞便，斤斤計較而過不去呢？

人是萬物之靈，懂得善用大腦，所謂「朋友千個少，冤家一個多」，人生旅程，幫助別人，等於幫助自己；傷害別人，就等同和自己過意不去，只有心存仁德寬厚，眼前的路才會更寬廣，不是嗎？

二〇〇〇年五月九日

兩把刷子

從前，農業社會型態封閉，教育不普及，年輕人最好的出路是拜師學藝，只要熬過三年四個月的學徒苦日子，「一技隨身，行遍天下」，而且，那一套看家的本領，足以傳子傳孫，幾代人不愁吃穿！

因此，在那個年代，一個人若學藝出師，即能養家糊口，倘能多學一套工夫，被形容有「兩把刷子」，那是至高無上的尊榮。然而，教育普及之後，加諸網路資訊發達，許多代代相傳的獨門絕學，其竅門被公諸於世，所謂「江湖一點訣，講破唔值錢！」尤其，諸多傳統手工技藝，已經被電子高科技所取代，或在大資本集團壟斷下，幾乎沒有生存空間，變得一文不值，將成千古絕響！

簡單舉個例子，以前只要學會寫反體字，懂得使用彫刀刻印，即能擺攤營利；而今，電腦光學掃瞄雷射彫刻問世，想彫刻什麼圖案與文字，要放大、縮小，或拉長變形，透過鍵盤指令完成，易如反掌，簡便快速，且收費低廉，傳統「慢工出細活」的彫刻難以競爭，逐漸被淘汰。

同樣的，過去只要學會修理鐘錶，即能賺錢養家，而今，各種手錶大量生產、物美價廉，功能不斷推陳出新，款式稍退流行即丟棄，鮮少使用到老舊送修，「鐘錶修理」即將成為歷史名詞。

再者，二十四小時營業超商興起，日常用品統統賣，特別是冷、熱飲食，不但種類繁多、口味齊全，且全天候立即供應，傳統商店怎能與之匹敵？早年學會各類餐點手藝開店、擺攤，生意都被搶光了，紛紛關門倒閉。或許，「物競天擇，適者生存！」這是人類進化千古不易的鐵則，不是自己跑得慢，而是別人跑得更快，能怨得了誰？

古有明訓：「人無遠慮，必有近憂！」身為現代人，最怕的就是中年失業，倘若還有子女在上學、或有房貸，沒有收入日子真的會過不下去！因此，無論是在民間企業工作，或在公家機構上班，都應保持高度危機意識，除要時時充實本職知能，更應加緊培養第二專長，具備「二把刷子」、甚至「三把刷子」，萬一單位裁併、裁員，才有東山再起的機會，可免中年失業的危機！

二〇〇四年八月二十二日

二分之一

民國六十五年，舍弟到岡山「空軍官校」報到後入學，大卡車浩浩蕩蕩把同期新生送到鳳山「陸軍官校」，參加「三軍八校入伍新生訓練」；在完成人員點交，連隊長致簡單歡迎詞後，旋即實施「震撼教育」！

所謂的「震撼教育」，其實很簡單，只是值星官在隊伍解散前，下令學生繞操場跑一圈，然後，與連隊長站在起跑點，當一半學生跑完操場後，立即又下第二道命令：「前面二分之一去休息，後面的再跑一圈！」

這個當兒，來自四面八方有志想「飛」的青年，有人還在作「空中少爺」的白日夢，仍漫不經心地小跑步，根本不知道值星官仍在抓落後的學生，因此，當第二圈的二分之一跑完操場時，值星官又下命令：「前面的二分之一去休息，後面的再跑一圈！」

天呀！原來是一場淘汰賽，還留在跑道上繼續跑的學生才覺悟，每一圈若不拚命爭取前面二分之一，得繼續跑下去，因此，趕緊咬牙全力衝刺，因為，跑最後一名的學生，同樣站在起跑點上，卻要比別人多付出數倍的辛勞！

其實，人生的旅程，正像在跑道上不斷的淘汰賽。君不見，從生命起源兩性接觸，只有跑在最前面的，才有機會在娘胎受孕，瓜瓜墜地之後，從幼稚班、小學、國中、高中、大學、以及研究所或博士班，每一個階段都是永不止息的競爭，落後一步即成輸家！何況，即使一帆風順完成學業，進入社會求職，也是場場殘忍的淘汰賽；甚至，在工作職場、或營經事業，不但要時時接受挑戰，更要防範惡意阻擾與打擊，若不謹慎努力，隨時都有被淘汰的危機！

眾所週知，軍隊裡「合理的是訓練，不合理的是磨練！」舍弟將入伍生第一天的體驗永銘心版、軍旅生涯奮力不懈；同時，也把「二分之一」的故事與我分享，這些年來縈繞腦際，深覺受益匪淺。如今，孩子即將到大學註冊，除了轉述這則故事，也特別提醒大學雖是「由你玩四年」，但是，仍需用功讀書，當心「二分之一」科目不及格，是要被退學的！

二〇〇四年八月十七日

豬頭與鴨母蛋

小時候，兄弟姊妹群中，若有在待人與處事方面，分不出利害、輕重，而捨本逐末，母親總會責罵我們：「豬頭毋顧，顧鴨母蛋！」

雖然，家裡世代務農，豬舍裡一直養著大豬、小豬；門口的水塘，也是鴨鵝成群，豬頭和鴨母蛋，天天觸目可及，只是，幼小的心靈裡，真的搞不懂兩者有何關係，為什麼要擺在一起？

隨著年歲增長，經一事而長一智，才慢慢體會到，農家一年到頭辛勤耕作，最大的心願就是五穀豐登、六畜興旺；而田莊農家的這番心願，除要靠老天幫忙風調雨順，田裡的五穀、和豢養的家畜，也要相互幫忙。因為，五穀要長得枝繁葉茂，風調雨順之外，更需施以有機肥，而農家傳統肥料來源，就是家畜排泄物，豬隻的糞便，正是最主要的供應者，特別是農家種植五穀，除供人食用，其餘大都用來養豬餵雞鴨。換句話說，賣豬是農家最大的經濟命脈，甚至是辛勤一整年的收成總匯，因此，豬隻是農家肥料和收入的主要來源，其重要性就不言可喻了！

至於鴨母蛋，不但值不了幾塊錢，且很容易打破成幻影，相形之下，在農家的地位就顯得微不足道了！

這些年來離開家鄉在外討生活，鮮少再聽到「豬頭毌顧，顧鴨母蛋」的俗諺，本以為那是不識字的家母獨創的名詞，豈料，日前八大電視台「魔法大家好」節目，那個模仿阿扁紅得發紫的藝人教台語，竟也在教這句話，不由得喜出望外仔細觀賞，幸好，那句話的全意，也是指一個人不懂利害輕重、捨本逐末，可見，人同此心，心同此理，無分凡夫俗子或達官貴人，路有千百條，道理只有一條，放諸四海皆準！

所謂「君子務本，本立而道生！」齊家之後才能治國、平天下，如果一個人沈迷官場權利追逐，放任孩子不上學，成群結黨在外為非作歹，經常進警局，也常常上法院，這種捨本逐末的作法，大概就是「豬頭毌顧，顧鴨母蛋」的寫照了！

二〇〇一年一月十三日

東施效顰

小時候，曾聽母親講過一個「東施效顰」的故事，情節縈繞腦際，時時引以為鑑！

話說從前，有一個賣糖丸的小販，每天挑著擔子沿街叫賣，賺取微薄的利潤養家糊口，而每次出門之前，他太太總是藉幫忙打點糖丸擔子的時候，偷偷收藏一粒糖丸，日積月累，積少成多；有一天，賣糖丸的小販手頭拮据，終日愁眉苦臉，太太見狀連忙拿出偷偷收藏的糖丸，小販高興不已，果然賣了糖丸，解決燃眉之急！

因此，賣糖丸的小販逢人直誇妻子勤儉持家，有儲蓄的美德，夫妻因此恩恩愛愛，家庭生活幸福美滿，在地方上傳為美談！

而有一個賣日曆的小販，他的太太耳聞這樁美事，羨煞之餘「東施效顰」，每天丈夫出門賣日曆之前，也依樣畫葫蘆收藏一個日曆，一陣子之後，有一天，賣日曆的小販愁眉苦臉，悶悶不樂，太太追問之下，才知入不敷出，手頭總是捉襟見肘，於是趕緊拿出偷偷收藏的日曆，希望賣了日曆也可解燃眉之急，可惜，過時的日曆有誰願買？不但沒獲得丈夫的讚賞，反而飽嚐一頓老拳，加諸當時「家暴法」尚未施行，挨揍雖心有未甘，也無處可申訴，頂多僅是「驚某大丈夫、拍某豬狗牛」之譏，如此而已！

當然，時代在變，環境跟著不同，假若賣糖丸的故事，是發生在今天的社會，由於食品有一定的保存期限，販賣過期的食品，將被依法處罰，所以，偷偷收藏糖丸的後果，不言可喻，即使不被惱羞成怒的老公痛罵一頓，恐怕也會在鄰里淪為茶餘飯後的笑談！

的確，這個「東施效顰」賣過時日曆的寓言故事，著實是很好笑，然而，讓我們仔細想一想，在你我的生活週遭，就有很多凡事不經大腦人云亦云的笑料，君不見，有人看到別人玩股票賺大錢，也跟著心動跳進股海，畢生積蓄慘遭套牢，悔不當初，在在都是典型的另類寫照！

二〇〇一年五月二十四日

龜與蛇

久仰一位年輕的醫生「懸壺濟世」之餘，茹素禮佛，也常著書立說，在報刊雜誌上發表文章，過去經常拜讀他的大作，卻遲遲無緣當面請益！

日前，到衛生局幫返鄉開業的舍弟代辦執照登錄，才能緣慳一面；值得好奇的是，在他的辦公桌上，擺置著一隻泥塑烏龜，栩栩如生；因為，男人最忌沾染「王八烏龜」或「龜毛」的罵名，舉凡和龜有關的都避之唯恐不及，敢於公然崇尚烏龜者，畢竟是箇中異數，因此，在好奇心的驅策下冒昧求教，原來，他嚮往陶淵明的「桃花源」境地，深覺人生無所爭，凡事可忍、可讓，像「忍者龜」一樣！

所謂「忍者龜」哲學，有人是這麼奉為座右銘：「別人笑我是烏龜，我就縮頭讓他捶，厚重龜殼身上揹，慢步走來不心灰，只要自信不自卑，不怕別人說是非，做人就要像烏龜，長命百歲福祿隨，實實在在不噓吹，終有一天逞英威」。恰似當今電子新貴廣達電腦公司老闆林百里，以一介僑生開創睥睨寰宇的事業，他不諱言地指成功的秘訣，憑恃的就是一步一步爬行的烏龜精神！

然而，這個社會存有太多不公不義，諸多妖魔邪道有恃無恐，欺壓善良得寸進尺，如果不幸遇上退讓或逃避，正符合他們的胃口，肉被啖食之外，連骨頭都要被啃，因此，個人深覺龜與蛇同類，而龜生來天賜厚殼保護，能躲過天敵侵害，而一般人，除出生達官顯貴家庭，養尊處優處處受保護，否則，都像蛇一樣，赤裸裸面對生存競爭，經不起任何一次侵害！幸好，蛇雖沒有腳，卻比烏龜爬得快，遇天敵侵害，必要時還可反咬一口，給予致命一擊！

誠然，所謂「忍字，心上一把刀！」人生的旅途，能忍則忍，忍無可忍，就應適時反擊，若說龜與蛇讓我選擇，或許，我比較同情後者，畢竟，忍耐工夫修練未深，如此而已！

二〇〇〇年九月十一日

忙與盲

秋日午後，我握著銀白色自小客車的方向盤，輕踩油門讓車輪滑行在往尚義機場的柏油路上，不經意間，路旁一隻覓食的斑鳩振翅驚飛，不知為什麼，卻突然倏地俯衝撞向右邊車體，發出辟啪聲響；透過後視鏡，我清楚看牠落在路面痛苦掙扎，趕緊停車察看，鳥體並無明顯外傷，但可惜費了一番工夫，仍救不活牠的性命！

當然，所謂「天空任鳥飛，海闊任魚躍！」我小心翼翼地開著車，壓根兒就沒有注意到路旁有斑鳩在覓食，所以，絕對沒有蓄意要傷害牠的意思，但是，事實已擺在眼前，「我不殺斑鳩，斑鳩因我而死」，內心愧疚不已！

畢竟，過去開了十幾年紅色的轎車，碰到類似情形，鳥兒必定飛向藍天，逃之夭夭，從未發生飛鳥撞車自殺的情事，因此，心裡暗忖著，莫非銀白色亮麗的車體，行駛中仿若一片大明鏡，映著浩瀚的蒼穹，鳥兒慌忙之間眼睛出現「盲點」，才會一頭撞上去，果真如此，驚鳥誤撞銀白色車體，那隻斑鳩之死，難道是駕駛人的錯嗎？

或許，人與鳥，都有一顆心，當沒有心的時候，那是「忙」；同樣的，人與鳥，都有一對眼睛，當沒有眼睛的時候看不見，那是「盲」，因此，那隻忙於覓食的斑鳩，無心注意自身的安危，當突然發現有汽車駛近，忙亂之中振翅逃命，卻被銀白色車體的亮光矇蔽雙眼，誤為通往光明逃生之路，怪不得一頭撞上去一命嗚呼！可見，不管是人或鳥，既不能「心忙」，也不能「眼盲」，否則，忙亂之中易出錯，就像盲人騎瞎馬，後果正是那樣的可怕！

中華文化博大精深，綿延五千年，古聖先賢造字，無論象形、會意，在在費盡心思，忙與盲，讓人望文生意，足以拍案叫絕，目睹斑鳩誤撞銀白色車體死亡，對「忙與盲」兩字的真諦，又有更深一層的體認！

二〇〇一年十月三十日

登高必自卑

日前，幫返鄉開小兒科診所的弟弟登報徵求行政工作伙伴，啟事見報之後，電話即從早到晚響個不停，頗有應接不暇之慨！

然而，真正令人感慨的，不是經濟不景氣，很多年輕人「畢業即失業」找不到工作，而是應徵者撥來電話，十之八九劈頭即問：一個月多少錢；要不然，就是先問：一週公休幾天？一天上班幾小時？有沒有勞、健保？什麼時候開始上班？總歸一句話，幾乎所有應徵者都急著先問：能得到什麼，有那些福利？

的確，接了一整天的電話，就是沒有人電話撥通之後，試著想先了解工作性質，或是表明強烈工作意願。其間，每當電話鈴聲響起，我都非常渴望前來應徵的年輕朋友，能表明薪資多寡不計較，只希望能獲得付出心力的機會，我告訴自己，如果有這樣的應徵者，將立即請他前去面試，並建議優先錄用；因為，我們要的不是用來擺花瓶的，漂不漂亮沒關係，也不希望來者凡事斤斤計較，處處唯利是圖，而是希望徵求具服務熱忱、有進取心的工作伙伴，加入工作團隊，同心協力一起打拚。

當然，「人往高處爬，水往低處流」，年輕人追求高所得、高報酬，實在無可厚非，可是，好高騖遠，好逸惡勞，卻是時下年輕人的通病，只問別人能給什麼，不問自已有什麼本領，能為社會眾生付出什麼。

畢竟，人同此心，心同此理，天底下的僱主都一樣，務必將本求利，唯有員工幫老闆賺錢，事業才能永續經營，特別是處在這經濟不景氣、人浮於事的年代，一個小小的臨時工職缺，都會搶破頭，如果謀職還不知好歹，只想找錢多、事少、輕鬆愉快的工作，其結果大概是要在家裡慢慢等了。

記得不久前，行政院張院長勉勵失業的勞工朋友，找工作先求有、再求好，騎著驢子再找馬，切莫自命不凡坐失良機！記住只要肯付出，勤勞努力，薪水會調升；相反的，如果敷衍怠惰，不要說高薪，恐怕是會被炒魷魚回家吃自已，所謂「登高必自卑，行遠必自邇」，盼與年輕的朋友互勉！

二〇〇一年七月十九日

本來無一物

曾經，有二個來自不同寺廟的小沙彌不期而遇，相互禮貌寒暄之後，其中，一個小沙彌詡稱來自名山古剎，廟殿雄偉、佛像至尊，一付得意洋洋的神情，原以為能博得欽羨。

豈料，對方只淡淡地應道：「阿彌陀佛，出家人四大本空，五蘊非有！」所謂「四大」，就是宇宙間的地、水、火、風，一切有形物體構成的元素；所謂「五蘊」，就是皮、肉、筋、骨，身體可感受的喜、怒、哀、樂。換言之，這個小沙彌心境早已四大皆空，萬慾不存，宇宙隱在胸臆之間，廟殿雄偉，佛像至尊，又怎能相提並論！

同樣的，名山有座宏偉修道寺院，住持禪師年邁準備退位，希望從七百名弟子遴選學、德俱優的弘法繼承人，特集合眾僧舉辦一場公開「文試」，有位自命不凡的出家人立刻大筆一揮：「身是菩提樹，心如明鏡台，時時勤拂拭，莫使惹塵埃」，寫畢放下筆，露出得意洋洋的神情，眾僧皆傻眼，爭相讚嘆意境深遠，真是一首曠世絕倫的好詩。

的確，一個修行人能像明悟真道的菩提樹，心地清淨好似明鏡台一般，而且，經常勤於拂拭修悟，不被塵世俗務給污染了，實是箇中翹楚，難能可貴！

可是，正當大家讚嘆聲中，提筆寫詩的僧人，準備登上繼承禪師寶座之際，眾僧之中有人上台，提筆在旁邊寫著：「菩提本無樹，明鏡亦非台，本來無一物，何處惹塵埃？」同樣道出出家人心境早已「四大」皆空，「五蘊」非有，因此，何來菩提樹？何來明鏡台？所以，不會沾染塵埃，自然也無需勤拂拭，自尋煩惱了！

誠然，人世間紛紛擾擾，芸芸眾生你死、我活爭戰不休，自古已然，於今尤烈！甚至，連出家人亦不能免俗，大和尚爭權奪勢，小沙彌比廟殿佛像，真正能拋開名利、修心煉性、入聖超凡者，實在不多見，想想吾輩乃凡夫俗子，更無法跳脫七情六慾的桎梏，因此，該學學出家人「本來無一物」的豁達心境，或許，將是滅少庸人自擾的最佳良方！

二〇〇一年七月三日

天命難違？

十個月之前，人類依依不捨，齊聲讀秒送走公元二千年，興高采烈迎接新世紀，豈料，新歲月並沒有帶來新機運，反而災難四起，景氣大衰退，全球股票總市值劇減十萬億美元，不僅股民財富大縮水，更引發企業倒閉裁員，很多人連吃飯都成問題。

曾經，有二個美國人，一個是節衣縮食的股票族、另一個是天天買醉的酒鬼，今年年初，那個股票投資人拿一千元美金，去買最熱門的「北方電訊」股票；另一個則同樣拿一千美元，天天買酒喝得爛醉。如今，高科技網路產業泡沫破滅，「北方電訊」股票暴跌百分之九十七，結果一千美元血本，僅剩小零頭，比酒鬼喝剩的酒瓶拿去賣錢，價值還少很多，真是人算不如天算，情何以堪？

同樣的，在台灣有一個上班族，省吃節用好幾個寒暑，好不容易儲存一筆錢當自備款，終於告別「無殼蝸牛」一族，然而，夫妻倆平日生活，依舊是省吃節用，大部份的收入，拿去還貸款和繳利息。豈料，隨著經濟不景氣，房市大跌，他房貸已償還逾半，可是，房子跌到若以市價賣出，尚不足拿去償還所欠的銀行房貸，更倒霉的是，上班的公司關廠倒閉，頓成「失業一族」沒有頭路，也就沒有收入繳房貸，結果，房子被銀行斷頭法拍，辛苦打拚多年，捨不得吃、捨不得穿，念茲在茲只為一個「刮風有處躲，下雨可藏身」的窩，想不到心血付諸流水，再次回到原點成為「無殼蝸牛」，真是人算不如天算，情何以堪？

所謂「生死由命，富貴在天！」在這波全球經濟不景氣狂濤席捲下，多少人傾家蕩產？多少人失業活不下去？這個股票和不動產投資人悲慘的際遇，絕不是虛擬故事，而是無數孜孜勤儉的市井小民，無力抗拒時代洪流被淹沒的縮影，難道這就是「天命難違」嗎？

二〇〇一年十一月十四日

吃飽就好

古時候，金門地瘠人貧，成年男丁大都搭船「落番」到南洋討生活，留在唐山家鄉的老弱婦孺，普遍以蕃薯渡日，很多人窮得有一餐、沒一餐的，因此，鄉親見面相互關懷問候的，不是「你好嗎？」而是人類活命的最基本需求：「吃飽沒」？

雖然，隨著教育普及、與社會環境改善，今天的社會已豐衣足食，大家有飯吃、有衣穿，再也沒有人需要忍飢挨餓。可是，老一輩的鄉親父老見面，他們相互關懷問候的，不是嫁查某囡、娶媳婦，也不是購屋置產、或股票漲跌，依然是「吃飽沒？」儘管，見面問人家吃飯了沒有，實在有夠俗氣，可是，彼此真誠關懷，相沿成習，大家也就見怪不怪了！

所謂「民以食為天！」任何動物為求延續生命，沒有什麼事能比吃飽肚子更重要，因而很多動物看到有食物，就趕緊拚命地吃，諸如牛隻怕虎、豹襲擊，看到青草拚命啃噬，等到沒有安全威脅情況下，再反芻細細咀嚼；同樣的，猴子也一樣，能拿到果食拚命吞下，儲存在腮部，閒暇時，再回吐咀嚼慢吞。只有萬物之靈的人類，肚子餓時可以「畫餅充飢」，也可以「望梅止渴」，不管是吃滿漢大餐、或陽春麵，有東西吃時都懂得吃飽就好，很少有人吃到撐破肚子，抑尤有勝，人們都好面子，家有喜事，都不忘備佳餚、美酒宴請親朋好友！

然而，這個世界真奇怪，同樣是一種米，有時卻養出兩種不一樣的人，有極少數的人，生來貪得無厭，什麼都要，就是不要臉；什麼都吃，就是虧不吃！結果常常搞得醜態百出，淪為人家茶餘飯後的笑柄猶不自知！

俗話說：「食多傷身，話多傷人！」吃飯是人活命的基本需求，也是生活上最常見的小事，一個人為人處事，若能像吃飯一樣懂得吃飽就好，凡事適可而止，不貪財、不好色，定能知足常樂，不是嗎？

二〇〇一年六月十七日

假如我是孫悟空

最近，我常常突發奇想：如果我是孫悟空，那將該有多好！

因為，自從上夜班之後，生活作息與社會大眾不同步調。每天日暮崦嵫時分到報社打卡上班，直到凌晨才能回家。雖然，白天是睡覺時間，但也得寫稿，同時，社裡還有許多會要開，也有許多雜務要處理。此外，金門地方很小，無論是住鄉下、或市鎮，大家有共同的風俗信仰，社區鄰里、親朋好友的婚、喪、喜、慶活動，常常無法逃避，每每是分身乏術，顧此而失彼。

話還要講清楚，白天無論是參加公、私活動，別人忙一天回家休息睡覺，而我們卻又要緊接著上班工作，那種「一日失眠，三日失神」的苦楚，若非親身經歷，實在無法想像！所以，我常突發奇想，如果我是孫悟空，能拔身上的毫毛輕吹，即能變出許多分身，一個掌握新聞動態，並專心撰寫時事評論；一個能多多閱讀古今書籍，下筆才不致「目面可憎」，而且，一個能隨時接受叩應回社裡處理事務，和參加婚、喪、喜、慶活動；此外，還要有一個能常回鄉下老家，探望年邁體弱的雙親，盡盡人子之道！

更重要的是，還要有一個分身，能在凌晨下班後能好好入睡，大清早可不被電話鈴聲干擾，下午傍晚時分，還能去運動場跑幾圈，因為，日前台省一個三十五歲的國樂老師「過勞死」，而自己年近知天命，終日身心疲憊，所謂「名利不如長壽、長壽不如健康、健康不如快樂」，倘若沒有健康的身體，人生豈不是黑白的？

老實說，我本凡夫俗子，沒有三頭六臂，也無法一馬掛雙鞍，雖自幼無論上山耕種、或下海打漁，什麼苦力粗活都做過，但個人才疏學淺，報紙天天出刊，賣的是「新聞」，所寫的東西，新鮮是最起碼的條件，不能以一套老掉牙理論說教，或人云亦云炒冷飯。尤其，專欄限時、限量繳稿，壓力最讓人寢食難安。難怪每次絞盡腦汁、搜盡枯腸逼稿成篇，身心所受的折磨彷若大病初癒！

當然，如果我是孫悟空，一定有識別妖魔的火眼金睛，更有如意金箍棒，嘿嘿！誰要是再搞貪贓枉法，將難逃重重的一棒，敲碎龜殼裡的妖魔鬼怪，逼出原形！

二〇〇五年二月三日

搶救國語文

前幾天在報刊上看到一則標題為「搶救國語文，拒當劣祖劣宗」的報導，指現代的學生國文程度，低落得一塌糊塗，將「列祖列宗」寫成「劣祖劣宗」；「惻隱之心」解釋成「我看你可憐」；「雖千萬人吾往矣」當作「老子跟你拚了」；「潛移默化」寫成「淺移墨化」，以及媽媽將家裡打掃得「一絲不掛」云云，令人啼笑皆非。

因此，一群藝文界、學術界及高中教師等有志之士，共同成立「搶救國文教育聯盟」，聯袂由中央民代陪同前往教育部拜會，要求提升高中國文上課時數。

其實，當前以「去中國化」為主流的教改團體，教育政策一改再改之後，學生不再寫書法、升高中不考作文，只要強記教科書中片斷知識，懂得用鉛筆填寫答案卡，就能輕鬆上大學、或上研究所。也由於學校不重視，許多學生迷失在電腦和網路世界，無論線上聊天或手機簡訊，充斥諧音、符號和錯別字，大家見怪不怪。於是，國字筆劃漸漸生疏不會寫，也不會造句或運用詞彙，動輒錯別字連篇，語文表達及閱讀能力江河日下，令人嗟嘆。

自兼編副刊以來，個人一直牢記前中央副刊主編孫如陵的一句名言：「副刊好比森林，林中既有千年古木，也有小樹苗。」所以，個人非常重視新作者，尤其是年輕學生，只要接到新人投稿，皆列優先刊用，也會寫信或撥電話加油打氣，盼再接再厲繼續賜稿。

曾有一位作者很感動地說：「第一次投稿，就能被採用刊登，還能接到編者的讚美和鼓勵，信足足讀了十幾遍，真的感動得掉下眼淚。」只可惜，屬於年輕朋友的投稿，真如鳳毛麟角，可遇而不可求！

記得唸金門高中時，當時同學投稿筆陣如林，彼此競爭非常激烈，每天早晨第一節下課，金門日報看板前總是擠著一大堆同學，爭著尋找投稿是否被刊登。而今，金中去年還有陳彩薇和許晏瑜常投稿，她們畢業後似乎後繼無人。教改廢考作文、且文言文課程被減抑，青年學子語文及閱讀能力日漸低落，長此以往，不僅學生不善表達思想和創意，固有文化將淪喪，國家將喪失競爭力！

二〇〇五年一月二十八日

豬近戲棚腳久ㄟ扑拍

華夏民族起源於黃河流域，相傳「燧人氏」發現鑽木取火，去腥熟食；「有巢氏」率先架木為巢，避開禽獸侵害；「伏羲氏」發明結繩罝網罟，用以捕魚獵獸；「神農氏」教民耕稼，開啟綿延五千年的中華文化。

的確，幾千年來先民以農耕為生，豢養牲畜，牛耕田、馬馱物；狗看門、雞報曉；豬隻養肥賣錢，兼收集屎、尿作堆肥，人與牲畜各司其責，期待五穀豐登，供各取所需。

早年，金門農村家家養豬，和人同住屋簷下，平日放逐在外遊蕩，但豬天生不笨，天黑懂得回家睡覺，也認得主人，聽到餵食的呼叫聲，會立即奔跑回家吃飯。直至民國五十年前後，政府補助把豬舍遷到村郊，才逐步改善農民生活環境。而今，專業的養豬戶興起，一般家庭以餿水養豬日漸式微。

話說過去金廈兩岸人民可自由往來，金門島上村落廟宇王爺寶誕，大陸戲班常常應邀公演，村民莫不扶老攜幼圍觀；所演的戲碼，無論是忠孝節義的情節，或是生、旦、淨、末、丑的角色，都為人們津津樂道！因為，在村落到處遊走的豬隻，偶而也會逛到「戲棚腳」，所以，地方上即有「豬近戲棚腳久ㄟ扑拍」的俗諺，意思是既使笨豬，戲曲聽多了，不會跟著哼唱，也會跟著打節拍，形容許多事不必刻意教導，長期耳濡目染，自然而然就學會了！

然而，放眼當下，少數公務員「吃肥肥、格棰棰；穿水水、等領薪水」，事不關己，絕對不理；事已關己，也推得一乾二淨。例如有人摸了十幾二十年的機器維修，不但沒有精進，還搞得一團糟，甚至，連小問題也要從台灣請技師來排除，除要負擔來回機票，且按鐘點計費，價碼高得嚇死人，難怪前年維修費花掉一百多萬，浮濫浪費公帑事小，嚴重影響員工士氣和營運績效才冤枉！

所謂「三折肱，成良醫！」只要有心，第一次仔細記錄故障情形，第二次認真觀察修復過程，第三次就自己動手了，豈有常常花大筆修理費？專業，若不是對整體作出貢獻，而是仗著別人不懂暗中作怪，成為「粥裡的一顆老鼠屎」，若不使出「霹靂手段」，整體企業搞垮了，大家將沒有飯吃！

二〇〇五年一月二十二日

永遠的「家」

日前，報社全體同仁舉辦餐會，歡送楊皆再和許永富兩位同仁榮退，社長致贈「功在日報」紀念牌，推崇他們在工作崗位傑出表現，也提及報紙出版作業通宵達旦，由於過去實施宵禁，報社同仁均「以社為家」，工作在一起、吃飯在一起，也都睡在報社寢室，大家擁有一份「革命情感」，相處的時間遠比自己的親人還多！

繼社長致詞之後，永富兄在同仁熱烈掌聲中發表榮退感言，面對同仁的盛情及離情別緒，激動得幾度哽咽說不出話，他感謝報社是他整個家庭的衣食父母，當年自憲兵退役，於經濟最困難的時候進入報社，靠著每月二千多元的薪水養活一家人，也感謝同仁在工作上的協助，飲水思源，這一份情感將永難忘懷！

尤其，永富兄還特別強調，雖屆齡將離開報社，但永遠會把報社當成自己的家，過去每天凌晨負責操作的機器，今後若發生任何故障，只要撥一通電話，必定立即火速趕回義務排除。簡單的幾句話，道盡感恩和惜緣，難怪博得同仁熱烈的掌聲。

記得十幾年前，金門戰地大家長「金防部」司令官葉競榮中將，是「浯江夜話」的忠實讀者，每天閱讀並剪輯隨身攜帶，據以向官兵訓勉，曾派人到報社協調，希望執筆群能巡迴各部隊演講，然礙於執筆群作息日夜顛倒，不克分身，最後決定在擎天峰召見大家共進早餐，曾剴勉大家：「一個人要讓大家感到他的重要性，離別會感傷和懷念，那麼，這個人就算成功了；相反地，一個人若讓大家恨不得他趕快滾蛋，那麼，這個人縱使有天大的權位和本領，在眾人的眼中，也將顯得微不足道！」

不可否認，在我們的生活周遭，只要多加留神，當會發現有人敬業樂群，讓生命散發光和熱，處處受敬重和愛戴，即使分離，亦是情感的延長。相反的，有人心存刁難，自認誰都拿他沒輒，藉以凸顯自己和邀功，搞得人人唾罵還自鳴得意，真是愚昧至極！

報社是一個大家庭，永富兄屆齡榮退，廿八年來他身在報社，熱愛報社，獲贈「功在日報」，絕對是受之無愧，尤其，他心懷感恩，且自認報社是他永遠的家，相信同仁將永遠感念他、歡迎他！

二〇〇五年一月十七日

學習好榜樣

本報資深員工楊皆再、許永富屆齡榮退，日前全體員工舉辦餐會歡送祝福，社長致贈「功在日報」紀念牌，感謝畢生為報社奉獻付出，也祝福「人生七十才開始」，再開創另一番事業，並希望經常回報社與大夥敘舊。

報社是一個大家庭，其前身是正氣中華報，民國三十八年隨國軍自江西遷來金門，先在水頭和金城北門發行，五十一年遷成功村現址，五十四年十月三十一日另創刊金門日報，兩報一體，分別向軍中和民間發行。而皆再兄就是於民國五十一年初進入報社服務，歷經四十三個寒暑，見證報社成長、茁壯，在同仁之中，屬於前輩中的前輩。

話說民國五十年前後，金門剛歷經「八二三砲戰」，到處烽火漫天，能上學受教育者不多，能讀到初中畢業者，更是一件了不起的大事。因為，再讀一年「簡師」，即能當小學老師，再不然，進入政府單位工作，都能擔任要職。而當年皆再兄即以初中畢業生進入報社，也佔到不錯的職缺，無奈「政委會」所屬單位編制幾次變革，原有的職位裁撤，因而錯失步步高升的機會。然而，他並不因而氣餒或怨天尤人，仍秉持敬業精神認真工作，樂於傳授技術提攜後進，在報社一直是最受敬重的「師傅」，難怪屆齡榮退，同仁感感依依不捨。

值得一提的是，皆再兄除了敬業樂群，還重視子女教育，所育二男一女，皆畢業於台大等國立大學或研究所，並分別考取律師、或高考專業技師，甚至遠赴德國攻讀博士學位。雖然，自己錯失升遷機會，但培育子女功成名就，家庭幸福美滿，如今準備返家含飴弄孫，同仁除了依依不捨，卻也為他高興與祝福！

所謂「求名在朝，求利在市」，皆再兄自青春少年進入報社，從八十元月薪幹起，以克難的機器和設備，在敵人的砲火下從事文化傳播工作，不求名，也不計利，安貧樂道奉獻一生璀璨的歲月，雖未臻「髮如三冬雪，鬢似九月霜」的境地，卻因法令限制，今天就要交下工作棒子，功成身退離開報社大家庭，然而，他敬業樂群與養兒育女的精神，永遠是同仁效法和學習的榜樣！

二〇〇五年一月十六日

閒話「白色恐怖」

記得以前曾看過一則短文，其情節大略是：抗戰期間，日本皇軍攻佔台灣某一個部落，為了殺雞儆猴，藉口有一名士兵被殺害，抓了一名山地青年欲當替死鬼，於是，集合全部落的人觀看公審大會。

日本軍官問山青：「你有殺死皇軍嗎？」翻譯用土話問山青：「你喜歡吃山豬肉嗎？」但見山青直點頭！日本軍官再問：「你是怎麼殺的？」翻譯：「山豬要怎麼殺？」山青作出持刀刺死山豬的動作；日本軍官臉色驟變，喝令把他推出斃了，可憐的山青瞬間一命嗚呼！

過去，金門實施「戰地政務」實驗，黨政軍一元化領導，人人鞏固中心領導，異議分子毫無生存空間，不識好歹者挨了悶棍，常常連自己也莫名其妙。曾經，有一位高中教師投身立委選舉，雖然，執政黨提名的候選人穩當選，但為求「一票不落、一票不錯」的百分百支持率，因而凡是與該名教師候選人接觸者，差不多都遭受關切或打壓；曾經，有一個「政委會」所屬單位員工家族經營文宣印刷生意，被貼上叛逆的標籤。

有一天，其同辦公室的員工，一個個被軍人主官約談，調查「暴行犯上」事件，在威逼利誘下，大家均矢口否認看到犯行，但仍被命令在「專案調查」的十行紙尾端簽名後離去。

然而，幾天之後，一道「暴行犯上」一次記兩大過的懲處案往上報。原來，五個被約談者在十行紙尾端空白處簽名，事後，自導自演調查大戲的軍人主管自行在上方杜撰犯行，據以成案。

事實上，全案兩個主角都完全被矇在鼓裡，軍管體制下要修理一個人，比揉死一隻螞蟻還簡單，和日軍統治下的山青一樣，去向閻王爺報到時，尚不知自己是怎麼死的！

不久前，在立委選舉投票前幾天，有一群學生聯名刊登廣告，由於版面早就被四位候選人訂購一空，實在無法再提供版面，文稿因而要求改在「言論版」刊登，然投書者應檢附真實身分基本資料，以便確認文責及稿費支付，卻得不到要領。最後延宕到選後，才以廣告見報，但事後出現攻訐報社「打壓言論」、「白色恐怖」的陳情和言論。

說實在話，我們無意責怪年輕的學生，因為，他們非常幸運，沒有經過軍管歲月，什麼才是真正的「白色恐怖」，相信只是聽說而已！

二〇〇五年一月十日

重讀「圯橋三進履」

話說春秋戰國時代，秦始皇併吞六國之後，焚書坑儒，民心思變，韓人張良散盡家財反抗暴君，不幸失敗南逃來到圯橋上，見一老翁故意讓鞋子掉落橋下，要求他下橋幫忙撿鞋，再伸腳命其代為穿上，且連續重演三次。張良飽受屈辱，老翁卻得意地稱許：「孺子可教！五日之後在此等我。」

然而，往後兩次約定晤面，張良皆比老翁晚到橋上，遭到訓斥：「回去吧，五天後早一點來！」於是，第三次張良半夜即到橋上恭候，久久才見老翁姍姍而來，遞給他一部書：「我乃濟北穀城山下的黃石，這本書好好研讀！」天亮之後，張良取書一看，乃「太公兵法」，日夜熟讀深研，因而輔佐劉邦成就漢朝帝業；此乃張良巧遇黃石公「圯橋三進履」的故事，流傳千古！

根據史籍記載，張良確曾輔弼劉邦一統天下，而目前仍有「黃石公素書」和「黃石公三略」二書流傳於世，足以驗證有「黃石公」這個人。換言之，「圯橋三進履」應是真人真事，只是，其情節是否為虛構的寓言，恐怕就無從考稽查證了。

過去，長輩和老師常以「天將降大任於斯人也，必先苦其心志」，勗勉年輕人要忍氣吞聲、韜光養晦，才能成就大事業。可是，類似的情形，古往今來也僅這麼一件，才會流芳千古，何況，黃石公悟道成仙，才能慧眼識英雄；而張良為漢朝打下江山，卻能放棄功名歸隱山林，亦非等閒凡人！

事實上，今天的社會，除了軍營裡「合理的是訓練，不合理的是磨練」，否則，在講人權、重人性尊嚴的時代，任何人都無法忍受不合理的折磨。「吃得苦中苦，方為人上人」的觀念，對年輕人已逐漸失去說服力，任誰都沒有多餘的時間「臥薪嚐膽」虛耗！

最近，孩子赴台求學，偶而翻看他倆書桌架的故事書，年逾不惑再讀「愚公移山」不覺莞爾，天底下真有愚不可及，只會蠻幹的人；而重讀「圯橋三進履」，真為張良捏一把冷汗，幸好他不是生在今天的環境，否則，一再受到折磨，工作熱忱可能因而降低，甚至還會罹患躁鬱症，後果堪憂！

二〇〇五年一月四日

愛莫能助

日前新聞報導，台灣有一位因涉贓物案被判刑確定的男子，被傳喚到案執行時，竟拿出一張「警訊報」記者證，以示有正當職業，請求准予易科罰金結案。豈料，檢察官見嫌犯神色有異，懷疑「記者」身分有假，經查原是花四千元代價買來的，除當場裁定進牢籠服刑之外，還被「抓包」持假證件，又觸犯另項罪責，可謂「偷雞不著蝕把米」！

當然，類似案件多如牛毛，不足為奇，何況，這是講究人際關係的時代，許多人為躋身社會名流，無不設法加入公益團體、慈善組織，弄一堆耀眼的頭銜在名片上。或許，記者手中有筆和相機，操生殺大權，一些狗屁倒灶的事被揭露，麻煩多多，因而處處給予優惠禮遇，如坐車、搭飛機、住旅店享有打折優待，好處多多！

不可否認，記者身分非常特殊，手中握有的那支筆，所謂「一字之褒、榮於華衮；一字之貶、嚴於斧鉞！」操弄毀譽，繫於一念之間；因而有人加封記者為「無冕王」，那是至高無上的榮譽，所以，不少人想擁有一張「記者證」，於是，不肖之徒看準市場需求，虛設報刊像天女散花似的販賣「記者證」，依職稱高低定價碼，不一而足！

事實上，十多年來個人忝為新聞工作者，經常有人半路認「同業」，大剌剌地從皮夾取出「記者證」炫耀一番，而最常看到的正是有「警」字者居多，據說只要手中握有那麼一張「記者證」，交通違規可當「護身符」，酒駕遇臨檢可作「免死金牌」，好處享益不盡。

三個月前，個人奉令接「總編輯」，負責報紙編採業務，有人透過關係要我幫忙給張「記者證」，說什麼到台灣買機票或住旅館可享打折優待，只可惜，個人認為報社是公家單位，特別是為維護線上採訪人員尊嚴與形象，「記者證」不可隨便散發，更何況，那是「偽造文書」的行為，儘管「記者證」是妙用無窮，但屬違法行為，實在是「愛莫能助」，恕難幫忙成全！

二〇〇五年十二月二十三日

歡喜做　甘願受

十幾年前，屋後的國有空曠土地，原是一片蔓草叢生的土坵，有人到附近軍營挑回餿水，盤據空地藩籬養雞餵鴨，不但臭氣四溢，且鼠輩麇集，成為社區環境之毒瘤；尤其，社區由光武、和中興兩條道路交叉而成，百餘戶人家欠缺活動場所，孩童就在路中央玩耍、嬉戲，往來車輛風馳電掣，險象環生，家戶無不憂心忡忡！

因此，伙同社區裡有志之士，共同草擬一份募捐說帖，希望籌資僱用「怪手」清除屋後空地土坵，徹底割除髒亂之瘤，進而積極爭取鄉村整建經費補助，作為兒童活動的場所。

由於社區真的缺乏空曠活動場地，說帖推出之後，獲得一呼百應，大家踴躍捐輸，集腋成裘，很快地，僱用「怪手」之經費完成募集，同時，依據社區提出之整建計劃，也立即獲得縣府同意提撥補助款進行鄉村整建，而且，鎮公所主動安置籃球架和兒童遊樂設施，此後無論風雨晨昏，時時有村民在打籃球或孩童在溜滑梯，有效解決社區缺乏活動空間的窘況！

然而，十餘年來，因自己從事報紙新聞編輯，屬於長期夜班工作，每天傍晚出門，要熬到凌晨二點才能下班回家，坐上編輯桌面對每一則新聞之脈絡、文稿用詞遣字、及版面處理，都得仔細審視把關，否則，發生舛誤白紙黑字，報紙送得出去、卻收不回來。更因上班時間內趕出報分秒必爭，無暇休息和進食，何況，夜間工作特別耗費體力和眼力，因此，傍晚出門上班前，得先小睡片刻養精蓄銳，可惜，屋後兒童樂園孩童嬉戲喊叫聲、籃球運球及投籃驚呼聲，聲聲入耳，常常想睡而不能安眠。

說真的，「一日失眠，三日失神！」每次上班前小睡、或清晨睡意正濃的當兒被吵醒，躺在床上輾轉反側，我曾慨嘆那是「咎由自取」，責怪自己當初不該雞婆發起募捐整地，否則，也不會飽嚐睡眠不足之苦，嚴重影響生活品質。

幸好，每次推窗目觸孩童天真無邪的嬉戲，以及學生盡情快樂的投籃，往昔社區孩童在馬路上玩耍險象環生的情景又浮現眼前，一肚子怨氣立即全消，畢竟，「歡喜做，甘願受」，誰叫自己是「夜貓子」，生活作息與大眾不同步調？

二〇〇四年十二月十七日

珍惜光陰

時序輪迴，又是寒冬歲末時節，今天，掛在牆上的日曆只剩最後一頁，屬於民國九十一年的三百六十五天即將消逝；明天，又將掛上嶄新的日曆，面對歲月更迭，不由得令人興起光陰似箭、歲月如梭之嘆！

的確，古往今來，沒有人能在與時間賽跑中贏得勝利，多少英雄豪傑，就算「恨不掛長繩於青天，繫此西飛向白日」，仍在時光的洪流中化作灰飛煙滅，猶如黃鶴一去不復返，徒留千載白雲空悠悠；聖賢尚且如此，何況吾等凡夫俗子？

其實，上天造化很公平，祂給每個人一天廿四小時，絕對是等量齊觀，至於分分秒秒，端看個人如何去善加利用了，「志士惜日短，愁人知夜長」，心境因人有異，造化由人不同，因此，有人自認年屆中年萬事休，卻有人「老驥伏櫪，志在千里！」著實不能一概而論！

當然，吾輩並非是多愁善感的騷人墨客，見景生情故作附庸風雅，而是年近知天命，頓覺歲月不饒人，以前讀李白「高堂明鏡悲白髮，朝如青絲暮成雪」，似乎沒有什麼奇特的感受，而今，聽自己的孩子背誦如是詩句，卻是別有一番滋味在心頭。

所謂「人生七十古來稀！」一個人就算能躲過天災、人禍，平平安安活到七十歲的畢竟不多。君不見，中華民族史上共有八百二十九位皇帝，雖然，臣民皆要下跪喊「萬歲」，但歷代皇帝平均壽命只有三十七歲，能活超過八十歲的僅五位，而在五十歲以下魂歸西天的超過半數，甚而有人登基半天即崩殂，可見，「萬歲」只是喊給皇帝聽爽的而已。因此，一歲撕一本日曆，就算長壽能活到七十歲，充其量也只有七十本日曆可撕。倘若將七十本日曆擺在一起撕，撕去一頁，生命就少一個日出日落；撕去一本，生命就少一個寒暑，這樣撕起來，能不驚心動魄？

今天，又是寒冬歲末，舊的一年即將逝去。明天，又將換上一本新的日曆，面對新歲月，讓我們相互勉勵，珍惜生命中每一張將被撕去的日曆！

二〇〇二年十二月三十一日

近「箱」情怯

最近，每次欲打開投稿「電子信箱」，心裡總有幾分恐懼，因為，我很害怕又收到大陸旅遊的投稿，特別是面對好幾萬字的「長篇」，將再次黯然神傷，愧疚不已！

當然，大陸旅遊的文章，介紹故國河山風光，副刊版面不是不能刊登，而是金廈「小三通」之後，前往神州旅遊的鄉親絡繹於途，無論是三峽團、東北團、桂林團、或江南團等等，很多人回來後每把行程每一站的地理位置、山光水色和風土民情，以及什麼時候起床洗臉、幾點幾分上遊覽車、三餐飲食、和路上所見所聞，皆鉅細靡遺化作文字，洋洋灑灑動輒幾萬字，文長每每足以出一本專書，處理起來備感吃力。

說實在話，由於副刊版面有限，類似的文稿早已堆積如山，光是「江南遊記」已不下十餘本，若要採用刊登，每篇都將長期連載，勢必產生排擠效應，壓縮其它文稿見報空間；值得強調的是，旅遊業者推出的行程是固定套餐，所以，收到的文稿雷同性非常高，如採用張三的、割捨李四的，委實有失公允；如統統採用，再擴增第二個副刊版，恐怕也無法完全消化。再說，報紙是商品，讀者花錢訂閱，誰願天天看同樣的文章？

其實，自兼編副刊以來，即曾一再言明地方性報紙，副刊有傳承地方文化的責任，因此，擇稿以與浯島風土民情有關為優先，特別是深具地方人文與歷史價值的文稿，發表後收錄在網站資訊庫，將可供數十萬旅外鄉親、及關心金門人士隨時查閱，畢竟，要看與金門無關的文章到處都有，而放眼全世界，能方便鄉親發表作品的園地，「只此一家，別無分號」，豈能不慎重擇稿？

事實上，金門是個小地方，我曾審慎思考，投寄大陸旅遊文稿的作者，很多是自己的師長、親友，及長期賜稿支持的作者朋友，那是他們心血的結晶，忍心割捨如何擔待得起？當然，我也曾想過移到專刊版刊載，但依規定「專刊」版沒有稿酬，對作者並不公平，因此，近來每次開啟電子信箱，總有近「箱」情怯的感覺，因為，我真的很怕再收到類似的文稿，無法安排版面刊出，實在愧對熱愛「浯副」的作者！

二〇〇四年十二月十二日

人情留一線

話說從前，有一個窮書生，身邊沒有什麼銀兩，卻擁有很多藏書，門外青山碧水，綠竹搖曳生姿，他樂得在門楹題了對聯：「門對千根竹，家藏萬卷書」，硃紅色的墨跡，蒼勁有力，耀眼奪目，然而，這樣的對聯看在竹林主人的眼裡，非常不是滋味，辛苦種的竹子，竟被人用來炫耀書香門第，於是，暗中將大片竹林攔腰砍斷，暗忖窮書生「門對千根竹」那幾個字，是該擦掉了。

豈料，書生不動聲色，又在對聯末端各加一字，成為：門對千根竹「短」，家藏萬卷書「長」，竹林的主人愈看愈氣，索性將竹林連根剷除，讓書生門前一片光禿，逼他把對聯擦掉。想不到，飽讀詩書、學富五車的書生靈機一動，又在對聯尾端再各加一個字，成為：門對千根竹「短無」，家藏萬卷書「長有」；竹林的主人技窮，再也沒有什麼把戲可玩了。

當然，這只是一則家戶喻曉，婦孺皆知的寓言故事，把部份心胸狹小，見不得人家好的人，諷刺得入木三分，就像種竹的主人，沒有成人之美的雅量，甚至，連損人而不利己的事都幹得出來，最後落得灰頭土臉，罪有應得！

事實上，所謂「棚頂有伊款戲，棚腳有伊款人」，君不見，在生活的周遭，正有許多類似不知趣的「憨人」，特別是公務界部份人事員，處處以「人事官」自居，終日擺著「撲克臉」，連主管部門為認真打拚的員工簽個小嘉獎，充其量只是精神鼓勵，並不多耗費單位一毛錢，也吝於順水推舟玉成美事，好像非要加註一大堆意見，吹毛求疵一番才能顯出自己的威風；也好像不刁三阻四，無法顯出自己的偉大，如此這般，員工士氣怎不低落？

眾所週知，人是群體動物，需要互助合作，幫助別人，等於幫助自己，何況，「心善子孫茂，根固枝葉榮」；人事員有輪調制度，任期到了就要走人，所謂「人情留一線，日後好相見」，倘能調整心態，體認人事員不是「官」，而是服務公僕的「公僕」，不但是單位的潤滑劑，更是促進團結和諧的原動力，不能耍權威、也不可搞小圈圈，若能把握短暫與大家結緣的機會，相信更能獲得尊敬與懷念，不是嗎？

二〇〇四年十二月六日

時時在掛念

去年五月兼編副刊，巧逢美、英聯軍攻打伊拉克，透過衛星電視畫面，全世界的人都看到伊拉克人民被轟炸二十一天；而金門曾被砲火轟炸四十年，可惜外界無緣看到，因而推出「砲火餘生錄」專欄，希望透過大家的筆，記錄曾生活在砲火下的悲慘歲月。

本來，耽心稿源不繼會斷炊，想不到「專欄」推出之後，來稿出乎意料的踴躍，許多一輩子不曾投稿的鄉親，也爭相寫下砲火下驚險的遭遇；雖然，文筆不是很流暢，但真情之流露，篇篇感人肺腑。

記得曾收到一封署名「翁雄飛」的投稿，表示看了「砲火餘生錄」，自己書讀得不多，也不曾投稿，仍鼓起勇氣寫下砲彈落在身旁的驚險經過。文稿刊出後，由於翁先生在城區經商多年，認識的人很多，看過文章的讀者都稱讚，因而信心倍增，文稿源源不斷寄到報社，刻劃早期軍管下的陳年往事，篇篇叫好叫座。

例如：有一篇描寫當年民防自衛隊無糧無餉參戰，甚至連制服都得自費繳錢購買。有一天，他身穿自衛隊服裝出門，被抓進憲兵隊訊部隊番號，或許「秀才遇到兵，有理講不清」，翁先生靈機一動，故意開憲兵官一個大玩笑，報出直屬「八〇五部隊」，但見憲兵官忙得滿頭大汗，翻遍所有資料，竟查不出防區有「八〇五部隊」，直覺是對岸共軍派來的，緊急下令將翁先生綑綁起來，準備押解上級處置，翁先生眼看開玩笑開過頭了，深恐被押進大牢，才急忙說出實情：「金門民防自衛隊的服裝，是自費以八〇・五元購買的，所以，大家自稱是八〇五部隊！」

當然，「真實的故事，不一定感人；而感人的故事，不一定真實！」而翁先生的來稿，篇篇是自身經歷的真實故事，且以最平易的文字敘述，真情流露，篇篇引起廣大讀者的共鳴！

今年七月初某日，又接到他女兒代打字寄來的兩篇文稿，先睹為快之餘，立即撥電話致謝兼加油打氣，盼繼續寫下去很快可結集出書，豈料，電話的那端，傳來翁先生突然腦血溢血後送台灣救治，手術一月後仍陷半昏迷狀態，雖不克赴台探視，只能偶而連絡家屬表關心，並時時祈禱上蒼賜予力量，祝福早日康復，因為，他還有許多精彩的故事，要寫出來與大家分享！

二〇〇四年十一月三十日

沒有騙自己

接到朋友將參加博士考試的電話，真為他感到高興，也祝福順利金榜題名；想當年，他國中畢業即被迫入伍當兵，從軍中退下後一面工作，也一面進修，先取得學士學位之後，繼續更上一層樓攻讀碩士，而今又準備參加博士班考試，奮勵向上的精神，令人感佩！

其實，朋友與我同年齡，童年一樣在砲火下苟命吃蕃薯，只是，他個頭比一枝步槍高，夠資格去當兵吃白米飯，而我可能是營養不良，國中時一直坐第一排，不能「從軍報國」，被迫拗到城裡讀高中！三十年後，朋友就要唸博士了，而我仍在原地打「研轆」！

當然，這年頭大學院校林立，還有空大和社大，想取得一張文憑應該不難，週遭的朋友，只要肯進修者，幾乎人人順利拿到學位或學分！唯獨自己幹新聞編輯，「夜貓子」的工作與社會不同步，夜間上班，白天寫稿，無法配合進修上課，因而「一晃過三冬」，錯失良機！

不久前，台北市破獲製造、販賣假學歷集團，假文憑從高中、大學、碩士、博士應有盡有，甚至，還有成績單為佐證，配套週延，令人真假難辨，經警方查獲深入調查，發現花錢購買假學歷的人，有公務員為升遷或考試、有為就業、有為交女友，甚至為退休後移民國外，林林總總、五花八門，不一而足，但其共同點是「欺騙自己、也欺騙別人」的行為！

去年暑假，沈迷電腦程式寫作的小犬，自國中畢業準備升高中，在自己架設的網站張貼「程式寫作」打工廣告，很快即有生意上門，原來是大學生央求代寫作業，才驚覺當下不僅市面買賣假文憑，連在校生也花錢請人捉刀寫作業。我的孩子只為打工賺學費，並不知道「代客寫程式」，竟淪為幫大學生「造假」取學位！

或許，這是一個專業證照的時代，擁有一張亮麗的學歷證書，在公務界好處不勝枚舉，但言談、能力若沒有跟隨提升，「囝仔穿大人衫」擺在大眾面前，騙得了自己，騙不了別人，可能淪為笑柄！最近日夜趕稿，常常是急就章濫竽充數，才深幸自己是沒有學歷的人，詞不達意在所難免，還請讀者朋友多加包涵！

二〇〇四年十一月二十四日

不打自招

十年前，葉啟田「愛拚才會贏」一曲風靡大街小巷，被譽為「寶島歌王」；由於歌詞通俗、簡短易學，且含意深遠，唱出許多年輕人的心聲，激勵無數迷惘、失意者奮發向上，走出人生困境！

民國八十四年仲夏，考試院舉辦兩年一次的公務員荐任升等考試，地區六十餘人到木柵國家考場應試，金門考生七人上榜，個人忝為其中之一。及格證書很快核發，有人立即升官佔缺，而在親友恭禧聲中，我也接到調職命令，可惜不是高升，而是降調到工廠當印報製版工。

當初，暗忖國家合法任用的公務員，早已晉階七職等多年，任職新聞主編，以及「言論廣場」與「鄉訊」兼編，突被降調到工廠做工，實在很沒面子。然而，心裡明白並非個人能力或品行出問題，而是「政治」因素使然；倘若鬧情緒，人家正等著看笑話；如果辭職，人家等著補缺，因此，只得默默承命上陣，每天凌晨晒製七張報紙印刷版。

幸好，運用方法，每天頂多一個多小時，即可交差下班回家睡覺，且正常輪班休假，不必像幹編輯還要絞盡腦汁寫稿。換言之，每天同樣的工作駕輕就熟，閉著眼睛都可完成，且薪水沒有短少，備覺「無官一身輕」，荐任官被發配工廠做工，並沒有什麼不好？

其實，夜間上班，白天沒事總不能睡大覺，於是，開始幫內人招呼生意，由於島上駐守數萬大軍，只要肯用心經營，什麼生意都賺大錢，何況，個人曾到台北受過專業照相與精密沖片訓練，短時間內即衍生多項生意，弟妹相繼投入，分店在島上市街陸續開張，財源廣進，自然不在話下！

坦白說，很榮幸荐任升等及格，卻不幸降調充當印報工三年半，雖說往事如煙，匆匆已過十年，儘管那段日子刻骨銘心，卻該是「解密」的時候了，如今願不打自招供出「沒有升官、意外發財」的秘辛，其目的只為告訴年輕的朋友，「人生可比是海上的波浪，有時起，有時落」；「一時失志毋免怨歎，一時落魄毋免膽寒」，禍福沒有一定的準繩，端看個人的造化，真的是「愛拚才會贏」！

二〇〇四年十二月十二日

秀才人情紙一張

那一年，我考取「陸軍官校」，由於是家中長子，且適逢軍校正期班改制終身職，雙親極力反對，所以，未克前往報到就學。兩年後，二弟考取「空軍官校」，我陪他到岡山報到，車抵官校大門口，但見巍峨的牌樓兩旁寫著：「貪生怕死莫入此門，升官發財請走他路」；當時，我被懾住了，幸好，弟弟緊握著我的雙手：「大哥，你回家好好照顧爸爸媽媽！」然後，昂首闊步走進去。

過去，「好男不當兵，好鐵不打釘」，為人父母的皆鼓勵孩子讀大學、攻博士，最好是當醫生日進斗金、或經商生財致富，鮮少人願孩子去當兵打仗，不但生命沒有保障，且常要在離島餐風露宿，想娶妻生子，都困難重重！

當然，民國十三年黃埔軍校在廣州創立，即在大門口昭告天下青年，「貪生怕死莫入此門，升官發財請走他路」，隨後幾次遷校仍未改變。然而，幾十年來熱血青年仍前仆後繼，為國為民開創不朽的史頁。而舍弟選擇唸軍校，是沒有當上大官、也沒有發財，但卻從來不後悔！

想當年，我未能「從軍報國」執干戈以衛社稷，卻走上新聞工作，雖然拿槍與拿筆是有所區別，但同樣升不了官、也發不了財。譬如說，一般公務員超工時，可以填報加班費，承辦業務活動，事後必定記功嘉獎，可是，幹新聞記者或編輯，沒有所謂的上、下班時間，費盡心思撰寫報導，或絞盡腦汁下一個好標題，甚至撰寫特稿、社論，都屬份內工作，不得請領稿費和簽獎，因此，有編輯同仁五年內只獲一次嘉獎，雖早已屆滿升官等訓練資格，可是，獎勵部份幾乎是零，根本無法與人評比，因而連續兩年放棄送件，情何以堪？

所謂「男怕選錯行，女怕嫁錯郎」，經常在編輯桌處理公務員優良事蹟的新聞稿件，看到別人的豐功偉績，記功嘉獎多不勝數，而同仁想記一次嘉獎，雖只是「秀才人情紙一張」，卻每每比登天還難，就像難得舉辦一次縣運會，記者事前規劃作系列報導，成果大家有目共睹，好不容易逮到一次可簽獎的良機，很可惜，滿懷的希望仍在人事制度下幻滅，莫非「升官發財莫入此門　記功嘉獎請走他路」，我為同仁叫屈！

二〇〇四年十一月十二日

大事與大官

小時候讀國父 孫中山先生「立志做大事，不要做大官」那一課，心裡頭總有一個問號：「沒有做大官，如何做大事」？

因為，自古以來，只有當大官的人，「喊水會堅凍，喊魚也落網」，才能威風凜凜，大家看到都要畢恭畢敬。何況，歷史課本中寫得很清楚：劉邦看到秦始皇出巡，羨慕感嘆地說：「大丈夫當如是也！」而項羽則發出豪語：「彼可以取而代之！」兩者說法雖然不同，但目的都是心裡想當皇帝，於是，劃定楚河漢界，逐鹿中原！

唸國中時，學校為鼓勵學生投考「陸軍第三士校」，校長常在朝會大力鼓吹，還舉例蔣中正年輕時到日本讀陸軍士校，才能當上總統。當時，級任導師也分配任務要鼓勵學生「從軍報國」，進行績效評比記功嘉獎，由於國一、二時我身高不及格，雖滿腔報國熱血沸騰，但不能「投筆從戎」，國三時個兒長高了，從台灣來的級任導師，卻明白的告訴我們：「投考士校，將來當總統的機會很小，但退伍後回家種田挑大糞的機會很大！」老師的道德勇氣，敲醒我的當官夢！

時光匆匆，在公務界打滾三十年，看過無數的大官，能心存「身在公門好修行」的並不多見，絕大多數是「官大學問大」，處處自以為是，且愛聽好聽的話，於是，部屬逢迎拍馬，尊前喊萬歲，背地裡取個渾號暗中訐譙。類似的高官，有朝一日離職失勢，立即「樹倒猢猻散」，常常踽踽獨行乏人聞問！

最近，我常路過「白髮書痴」陳長慶的書店，看一個童年因戰亂失學，只有初一學歷的人，一生淡泊明志，從無一官半職，僅以販賣書報維生，而默默寫了二十六本屬於浯島的鄉土文學小說。豁然驚覺迷戀權力追逐的高官，當頭銜消失的時候，他還能擁有什麼？而一位小人物以筆記錄傳承地方文獻，幾百年後很多家庭的書架上、或海內外的圖書館，可能還陳列著他智慧的結晶！

如今，年近知天命，回首三十載公僕生涯，看盡人生百態與宦海浮沈，才初略搞懂　孫中山先生「大事與大官」的分野！

二〇〇四年十一月六日

扮好自己的角色

每夜看完大樣回到社區，大地早已沈睡，曠地停車之後，獨步走在昏黃的街燈下，每當穿過街心，遠遠街尾餐館的兩隻土黃狗，即一路狂吠飛奔而來，常常追到我拉起鐵門進屋之後，牠們才悻悻而回。

話先說明白，我不曾吃狗肉，因此，可以肯定的說，狗兒夜夜狂吠追我，絕非吃「狗肉」引來的，正確的原因應是牠們「狗眼看人低」，把我這個夜歸人看成是「小偷盜賊」。

按常理說，夜夜被當作「盜賊」窮追猛吠，心裡應該很不舒服，若不暗藏石塊或準備棍棒給予痛擊，也應找機會面告飼主把狗拴好，免得那天不幸被追上咬一口，豈不真的「衰到被狗咬」，何況，三更半夜叫誰作證求償？可是，每夜被窮追猛吠，我不但不生氣，反而對牠們為社區守夜盡忠職守，感到由衷的敬佩，真想下班途中路過超商，順便買二個熱騰騰的包子，犒賞牠們「功在社區」！

記得小時候，老阿嬤常常教我們唸著：「推呀推，推米來飼雞，飼雞要叫更，飼狗要吠暝，飼孝生要有孝爹，飼祖囝嫁去別人的。」從那時起，我已知道家禽、家畜有別，雞與狗雖同在主人屋簷下，但所扮演的角色不同，正如古往今來，一般人家生男丁，是要娶妻傳宗接代，延續香火；而生了女兒，注定是要嫁作人婦，「嫁雞隨雞飛，嫁狗隨狗走，嫁乞食隨伊背茭荎走！」嚴守三從四德，相夫教子！

狗，是人類忠實的朋友，幾千年來依然四腳著地，不懂人間是非與公理，不會嫌棄主人家貧，也不會趨炎附勢，只知道忠心耿耿替飼主守夜，所以，「狗眼看人低」委實情有可原！可是，人是萬物之靈，明禮義、知廉恥；是以，面對善盡職守的土黃狗，人眼豈能看狗低？

所謂「行人的船，愛人船走！」一個團體如同船隻在大海航行，面對驚濤駭浪，大家宜同心協力搖槳，船上的人職位無分高低，只要扮演好自己的角色，都值得尊敬；反之，若佔著位子不使力，且一再故技重施刁難、搞鬼，藉以要脅居功，那種拙劣的行為看在大家眼裡，想必是比土黃狗都還不如！

二〇〇四年十月三十一日

機會不等人

孩提時的一些瑣事，雖然歷經幾十個寒暑，卻常常彷彿剛發生過似的，在腦海深處依然清晰如畫！

記得小五那一年，「八二三砲戰」剛過不久，金門依然到處烽火連天，軍民同仇敵愾，誓死保家衛國，連小學校園也實施「仇匪恨匪」教育，每學期都訂有「保防週」，舉辦保防作文、書法、演講、和時事測驗比賽。有一次，級任導師要我參加保防時事測驗，由於扭捏趑趄沒有立即答應，老師一氣之下換別人上陣，事後深感懊惱不已，都怪自己「飫鬼假細利」，想參加又不敢立即應允，才錯失大好機會。

事實上，平時我喜歡看報紙，倘能「當仁不讓」，自信成績必能名列前茅，只可惜機會不等人，時時引以為憾事。民國六十四年，衛生署在金門實施「血絲蟲病五年防治計劃」，原本招考十二名採血檢驗員，中途有三人離職，我幸運在補實招考忝為「新兵」；剛加入小組不久，縣府要求計劃執行小組，指派一名成員參加村里民大會，上台作五分鐘宣教演講。當時我才十九歲，既是新兵，也是小組成員中最「幼齒」，不管用什麼方式抓公差，也輪不到我頭上，可是，老大哥們沒有人願承接任務，院長趙金城找我面談，經過一次初步的模擬試講，即正式派出巡迴出席全縣每一場村民大會。

當然，絕對不是我「愛現」喜歡出風頭，更不是想居功得獎，而是覺得「聰明的人創造機會、平庸的人把握機會、愚笨的人錯失機會」，雖自知上村民大會演講是「有功無賞，凸槌要賠」的苦差事，但當機會來敲門的時候，就算自己不是聰明人，也不能當錯失機會的愚笨人。

坦白說，自幼家貧，出門在外討生活，沒有顯赫的家世背景當靠山，也沒有傲人的學歷做後盾，所憑恃的就是「什米攏唔驚」抓住每一個機會。雖然，當時上台演講面對成千上百的觀眾，身後更坐著各級長官，有時難免嚇得「皮皮挫」，不在話下！

而今，一幌眼三十年過去了，兩鬢飛白準備告老返鄉，然甘冒野人獻曝之譏，回顧當年「犢仔不畏虎」的過程，目的只希望告訴年輕的朋友，當機會來臨的時候，應勇於接受挑戰，切莫遲疑錯失機會，如此而已！

二〇〇四年十月二十五日

戇人有戇福

報社現有編輯人員，是二十幾年前發行一大張、週休一日的編制；而現在版面已擴大為兩大張，且實施週休二日，亦即工作量和應排休假日增加一倍，可是，編輯員額沒有增加，等於一個人要發揮二份力量，才能維持報紙正常出刊。

說得更明白一點，公務機關每個月上班天數，扣除週休二日與國定假日，以及個人的年假，實際上班日普遍在二十天左右；而報紙是天天出刊，一年三百六十五天全年無休，因此，既要維持正常出刊作業，也要維護員工週休二日權益，委實捉襟見肘。所以，沒有新聞急迫性的專刊版面，被迫利用「公餘時間」在家約稿、收集資料進行編版。值得強調的是，額外的工作沒有加班費和津貼，即使是輪休日，也不容怠忽職守，否則版面將有「開天窗」之虞！

舉個實例來說，副刊天天要出刊，每天需要一萬多字才能填滿版面，地方性刊物稿費偏低，若不用心經營邀稿，稿源短缺「巧婦難為無米之炊」！過去，未擴版增張之前，副刊算是報紙重要的版面，是由專人負責主編；而現在人力不足，被迫採行「兼編」，而且，依審計部規定，不得支領任何津貼，但與作者聯絡互動，光是電話費每月花個二、三千元，那是家常便飯，且不包括花在「伊媚兒」的時間和精力。總歸一句話，公務員普遍是「多一事、不如少一事；少一事、不如沒有事」，只有傻瓜才願兼編副刊，連農曆大年初一也不能休假，耗費個人的金錢、時間和精力難以估計，道道地地是一件「吃冇拍罵有」的工作。

記得唸國中時，校長謝炳南先生每天朝會都向師生精神講話，最常講的一句話是「吃虧就是佔便宜」；當時聽在耳裡，總覺得莫名其妙，一直搞不懂其中的道理。然而，自兼編副刊以來，雖勞神傷財，但每天收讀來稿，享受「先讀為快」的樂趣，也結識數百位在各領域傑出的作者朋友，儘管大部份從未謀面，但透過電話和網路，彼此可以無所不談，生活因而充實、快樂，自認這份意外的收穫，縱然花再多錢，恐怕也買不到；兼編二年來驀然回首，才悟出「戇人有戇福」，當年校長的訓勉實在很有道理！

二〇〇四年十月十九日

流浪的方格子

新詩，是五四運動「文學革命」在創作上尋求突破的產物，開始的時候，文學大師梁啟超設想要讓文學有「新意境、新語句」，打破傳統詩詞的格律；屬於自由派的胡適，主張詩體大解放，不受格律的束縛，所提「詩的經驗主義」，強調內涵要「言之有物」，也就是文中「有我」與「有人」，以表現作者的性情與見解！

當然，這樣的主張，引起來自四面八方的反對聲浪，最後才站穩腳步，近百年來，各種刊物，都可讀到新詩的作品。然而，新詩不像散文；因為，散文之寫作，最起碼會清楚交代時間、空間、人物等背景，而新詩則隨興所至，虛無飄渺，任感情奔放熱烈，饒富想像空間，難怪懂得欣賞新詩的人，形容為「流浪的方格子」；而看不懂新詩的人，直指寫新詩的人，大概和瘋子是鄰居。

基本上，報紙副刊版面，通常是提供小說創作、散文和詩歌的抒發園地，因此，主編大都偶而會採用新詩作品。但是，新詩普遍簡短，無論字數或格局，都不足以挑大樑當主角。換句話說，不管叫誰擔任編輯掌廚，新詩充其量像青蔥或芹菜，只能在大餐裡當調味及點綴品；說得更明白一點，新詩常常用來填版面，當作補白的角色而已！

然而，每天打開投稿電子信箱，或拆閱作者來稿，新詩所佔的比率偏高，有人可能一時心血來潮詩興大發，一口氣寫了十幾二十首，文字堆疊是很美，但從頭讀到尾，卻不知在說什麼。這樣的文稿日積月累，堆積如山，但刊用的機會實在不多，真替作者感到惋惜！

或許，農夫種菜，要注意市場需求，選擇有人要買的菜類播種，心血才不會白流；同樣的，作者寫稿，也要配合刊物編輯方向，也就是說，新詩易寫，但刊登的機會不多，不如多寫些生活記實的散文，或溫馨的小品文，既使被當作補白填版面，仍更有機會獲得刊用；再說，倘若將一些信手寫下的小片斷匯集成篇，自成一格，也別具特色，甚至，還有機會當版面的頭題，風風光光與讀者見面哩！

二〇〇四年十月十三日

無牛駛馬

從前，金門農村家家戶戶養牛耕田，也養騾、養馬馱貨；小牛哺育斷乳之後，即進行穿鼻繫繩，隨時準備「教犁」，訓練耕田犁地的工夫；而馬與牛生來同樣吃草，扮演的角色卻大不相同，通常是馬背兩側加裝馱架，載運貨物或搭乘人員，行走在蜿蜒的田間小路，昔日聞名中外的「駕鴦馬」，即是最佳實例！

所謂「願做牛，唔驚無犁拖！」自古以來，耕田就是牛隻的職責，牛幫炎黃子孫拖犁耕種，從晨曦初露到黃昏夕照，讓五穀豐登，孕育華夏民族五千年悠久歷史文化。而我們的老祖先，也常把牛隻看成農家的一員，當作重要的資產。

事實上，牛與人類關係密切，雖常被罵為「大笨牛」，但牛和人一樣是懷胎十月所生；凡是養過牛的人都知道，其聰明與智慧並不亞於人類，最大的差異在於不能用言語表達思想而已。因為，一頭經過「教犁」的牛隻，只要掛上牛軛拉犁，走到田邊盡頭，都曉得自動掉頭回走，一趟來、一趟去，即使累了「氣喘如牛」，或走不動了「牛步化」，農人揚鞭抽打，也不會使出「牛脾氣」，默默縱橫阡陌之間。

小時候家裡務農，父親常吆喝著牛隻耕田，我們一群小蘿蔔頭則跟在後面幫忙播種。當時，村子裡十之八九皆以牛耕田，只有極少數人家「以馬代牛」，用套環加在馬的脖子上，繫上繩索拉犁耕田，然而，馬的腳步較快，若再「快馬加鞭」，耕田速度確實比牛快得多。因而幼小的心靈裡，一直搞不懂為什麼人們不以馬耕田？經請教長輩獲得的答案是：牛是耕田的，馬是馱貨的，本質特性不同，倘若沒有牛耕田，而以馬替代，那是「無牛駛馬」，退而求其次，不得已的做法！

最近職務異動接任總編輯，很多朋友向我恭喜、道賀；其實，出報是無分日夜、沒有假日，十足焚膏繼晷的工作，且每天成效得面對無數隻眼睛的檢驗，錯一個字將面對排山倒海的指責，更現實的是擔子倍蓰加重、所得並未增加，何喜之有？何況，衡量自己的學歷和能力，實是無法勝任，但礙於當下職系與職等嚴苛限制，造成人力斷層，出現「山中無老虎」的窘況，才輪到我這個半路出身的「老猴」撐場面，或許，這正是「無牛駛馬」的寫照吧！

二〇〇四年十月七日

自認一百分

最近辦理職務異動，必須重填個人履歷表，有機會回首近三十年公務生涯考核、獎懲資料，面對總計獲八次嘉獎，不自覺地發出會心的微笑！

話說民國六十四年起踏進公門，所承辦的業務，都是「暗無天日」的工作，起初在「衛生院」從事血絲蟲病檢驗，夜間巡迴各村里採血，工作再認真，長官看不到，且屬臨時人員，就算團隊有績效，也是職責之所在，何來「論功行賞」？

轉職報社之後，前面十餘年從事「分色照相」，每天在伸手不見五指的零光下暗房沖片，不但賣力工作沒人看到，且係固定差事，無論大小圖片，處理得再漂亮，都是份內職務，無法構成獎勵要件，唯獨有一次，中共米格機「飛向白日青天」，向國軍投誠降落尚義機場，奉命連夜加班出彩色「號外」特刊，獲上級分配到二次嘉獎，這份「天上掉下來的禮物」，打破一生零獎勵的記錄，委實高興好幾天！

調任新聞編輯之後，又是屬於夜班工作，每夜處理記者或作者文稿，審慎選稿、編排版面，日復一日，年復一年，想出一個好標題，或邀約到一篇好文章，都是屬於份內事工作，相反地，若是分秒必爭趕出報，匆忙中不慎弄錯一個字，隨時可能遭受處分。換言之，幹新聞編輯幕後工作，夜夜絞盡腦汁無人知，可以說「有功無賞，打破要賠」。因此，個人十餘年編輯實務，前後僅獲五次嘉獎，另一位編輯同仁更少，五年內只獲一次嘉獎，雖已屆荐任升官等資格，第一年參加評比，獎勵部份幾乎是零分，因而「名落孫山」，往後兩年自知根本沒有條件與人評比，拒絕送件作「無言的抗議」！

所謂「男怕選錯行，女怕嫁錯郎！」每次在編輯桌處理新聞，看到同是公務員，別人的豐功偉績真是「族繁不及備載」，一年的獎勵比我們一輩子的總量還多，絕對不是同仁工作不努力，而是我們做固定的份內事，每次簽獎上去，很難通過人事部門「刻意」的審核，如此這般，無法升遷事小、打擊士氣事大，真是「冠蓋滿金門，編輯獨憔悴！」

幸好，過去大部份同仁都不在意考核升遷，將新聞編輯工作視為一生之志業，無怨無悔，樂此而不疲，自認工作一百分，對得起自己的良心，獎勵與升遷算得什麼？

二〇〇四年十月一日

資格是挑戰開端

孩子高中畢業剛年滿十八歲，利用赴台升學的空檔進「汽車駕訓班」，經過一個月的駕駛訓練，我載他進監理所完成報名手續，旋即離開考場，希望讓他在沒有壓力的情況下，獨自接受駕照考驗。

認真說，既然已載孩子進入監理站，沒有陪他考完全程，似乎有點不近情理，尤其，當孩子順利通過考驗，從手機獲知過關取得駕照的訊息，平白失去一次親子共享喜悅的機會，誠屬可惜！

事實上，在駕訓班或考驗場開車，四週沒有行人、或往來車輛，只要按照教練傳授的幾項撇步小心操作，不壓線、不走錯車道，幾乎都能輕易過關。可是，「馬路如虎口！」四面八方隨時都有危險，可能是橫衝直撞的砂石車，或是出沒無常的摩托車、腳踏車，隨時可能從支線、巷口出來，甚至，是不懂交通規則的孩童、小貓、小狗突然竄出，令人防不勝防；倘若一個不留神閃避不及，可能車毀人傷，或肇禍負刑責。換言之，開車上路，面對各種路況，時時有危機、處處有風險；還得小心謹慎，看清路旁號誌，遵守交通規則，否則，也隨時可能會違規受罰，或被吊扣駕照。

當然，孩子順利考取駕照，我真的為他感到高興，除多次陪他開車上路，實際體驗路況，熟悉道路行車安全應注意的要領。更提醒他這是一個證照的時代，很多行業都要通過證照考驗。如醫師、藥師、護士、律師、教師、土木技師、廚師、水電工匠、股市營業員等等，統統要有證照才能執業；沒有證照形同無照駕駛，可要依法受罰或吃官司！

的確，無論那一個行業，有執照只是取得入門基本資格，並不代表一定能完全勝任、或從此一勞永逸。君不見，多少人考取駕照，卻不敢開車上路；同樣的，有執照的開業醫師，若不繼續充實新的醫學知能，病菌會產生抗藥性或變種，倘一成不變使用舊的處方，可能無法「藥到病除」，類似有執照的醫師，亦將被潮流所淘汰！

說真的，孩子通過駕照考驗，該為他高興，但更應該讓他知道，有駕照只是取得開車上路的資格，實在沒有什麼了不起，因為，那是接受挑戰的開端！

二〇〇四年九月二十五日

夜讀樂趣多

凌晨下班回家，妻兒早已進入夢鄉，萬籟俱寂，打開電腦，讓自己沈浸在「熾天使書城」網站，享受一天之中難得屬於自己的時間！

按理說，在編輯桌上忙了一整晚，應是精疲力竭，需趕緊就寢才是；然而，或許是因分秒必爭趕出報，精神過度緊繃，下班後反而不容易入睡，特別是夜深人靜，任何的雞鳴狗叫，都顯得格外刺耳，常令人輾轉反側，久久無法成眠。

其實，令人睡意全消的，應是繳稿的壓力，每當躺下歇息，想到是明天的交稿，腦子開始思索，要寫什麼？該寫什麼？年歲增長，記憶力逐漸衰退，像破了洞的篩子，靈感來時若不趕快記下，瞬間即流失於無形，因此，每每得趕快再起身，重開電腦輸入建檔，如此這般，天就快亮了。

事實上，「台上一分鐘，台下十年功」，幹新聞編輯工作，絕不是夜間到報社上班那五、六個小時而已，而是要全天候的關注國內、外新聞動態，更要閱讀書報雜誌，不斷的吸取新知和涉獵文史書籍，涓滴滙聚國學基礎，下標題或撰稿才不會空洞乏味！畢竟，「工夫一天不練，自己知道；兩天不練，同行知道；三天不練，台下觀眾都看穿了」。

尤其，報紙是商品，應考慮讀者想看什麼，題材靠平日搜集、觀察，所謂「文不驚人，死不休！」老生常談的應避開，八股說教誰願看？扣三除四之後，能寫的實在不多，何況，自己天資魯鈍，才疏學淺，平日不利用時間多讀書自修，寫出來的文稿絕對是「面目可憎」，豈能登大雅之堂？

有人說：「少年讀書，如隙中窺月；中年讀書，如庭中賞月；老年讀書，如臺上望月。」人生過程讀書三種境界，年少輕狂如隙中窺月，難以領略月下全景；中年沉穩如庭中賞月，能品嚐其中精華；而老年心智成熟，心領神會，一目了然。如今，年近知天命，讀起書來雖未達「如臺上望月」的境地，但每當凌晨下班回家，夜闌人靜，獨自面對液晶面板閱讀電子書，沒有俗務羈絆，最能融入書中意境，與作者心靈交會、雲遊四海，樂趣無窮！

二〇〇四年九月十九日

學習的典範

記得端午節那天午後，我開車到瓊林買水，正當投幣取水的當兒，緊隨進入賣水場的一部九人座廂型車，迅速下來一群記者，三位拿麥克風的小姐，箭步蜂擁到我面前，爭相問：「是不是水庫遭老鼠藥下毒才來買水？」背後三位扛攝影機的男士則在錄影。

坦白說，突然被媒體記者包圍採訪，真像「大姑娘上花轎」頭一遭，頗為不習慣；幸好，前晚處理水廠的聲明新聞，知悉毒鼠餌與供水無關，因此，適時表明到瓊林買水，也與光前溪發現大量毒鼠藥無關！

然而，所謂「狗咬人不是新聞，人咬狗才是新聞！」這樣否定的答案，一點新聞價值也沒有，尤其，當我表明是「媒體」同業之後，他們立即停止拍攝，轉而問起金門供水相關問題。因三組記者欲「分道揚鑣」，兩組準備前往警局採訪下毒偵辦情形，一組應公司要求，即刻回光前溪架設碟型天線，準備配合作「整點新聞」現場播出，希望我義務載送一程。

原來，端節前一天傍晚，有家電子媒體以「跑馬燈」打出「金沙水庫遭人丟棄大量毒鼠藥」，消息像「炸彈」般引爆，引起國人高度恐慌與關注，其它電視台馬上跟進，同時以現場連線到金門追蹤報導，由於各種說法和謠言沓至，甚至，被說成是中共到金門下毒的「恐怖事件」；難怪隔天一早各媒體爭相派出採訪小組，帶著衛星轉播設備，搭乘首班飛機趕抵金門。因為，他們遠道而來，能將金門飲用水未遭污染真相傳播給國人，充當義務駕駛何樂而不為？

一路上，聽他們不停與公司通話，將採訪新聞一字一句詳細回報編輯台，也一再詢問我金門供水相關問題，言談之中，了解他們工作概況，得知為了追新聞真相，已是午后兩點多，他們還沒吃午飯；甚至，為趕上早班機，有人連早餐都遺忘了，飛機降落金門即直奔現場！而且，得知他們工作辛苦，月薪並不高，競爭非常激烈，漏了一條新聞，可能隨時回家吃自己！

一趟瓊林買水，差一點上電視成新聞人物，也意外接觸台灣來的媒體「同業」，目睹人家的工作態度和敬業精神，二個多月以來一直縈繞腦際，自認是效法學習的典範！

二〇〇四年九月十二日

漫談筆名

有一位勤於寫作的年輕人，每次來稿都更新筆名，因部份與其他作者雷同，甚或諧音近似，徒令在處理稿件收錄、存檔，與核計稿費，得多費心留神，否則，可能「張冠李戴」搞錯！說實在話，副刊園地公開，供各界自由投稿，文章發表使用本名或筆名，悉聽尊便。亦即作者使用筆名，無須先註冊或申請核准，即使任意更新，並沒有違反投稿遊戲規則，套上時下的流行語，「只要我喜歡，沒有什麼不可以！」

事實上，古往今來，文人不但有名字，還常自取別號，如陶淵明號稱「五柳先生」、李白自喻「青蓮居士」；同樣的，近代的武俠小說家「金庸」與政論家「柏楊」，也皆非本名，唯獨才華蓋世、快意恩仇，且博學幽默、風流倜儻的李敖，堅持「行不改名、坐不改姓」，始終如一以真名對時政口誅筆伐，因而曾兩度入獄，雖一輩子未曾使用筆名，但私下仍取了一個「雙龍抱」的外號——戲謔喜歡「抱不平」和「抱女人」。

當然，文人雅士的別號或筆名，各有其特殊的涵意，有以姓名諧音或同義字，一語雙關；也有取寄情自我陶醉、或諷刺解嘲，林林總總，不一而足。甚至，民初的文學家魯迅，常常為文攻訐時政，頻繁變換筆名，總計改了一百四十餘次，也不足為奇！

然而，這是一個以品牌行銷的時代，任何產品都應以負責任的態度面對社會大眾，不但要先建立消費者信心，更要有完善的售後服務。因此，報刊雜誌公開發行，讀者花錢訂閱，職司審稿把關的編者，應對廣大的讀者負責；同樣的，作者亦應負相對責任，使用本名投稿，就是最負責的具體表現，再不然，取一兩個固定的筆名，樹立形象口碑，文章與讀者見面，絕對是品質的保證，同時是替刊物負責，也為自己負責。

所謂「讀書如交友，寫作如為人」，兩者都要實實在在、誠誠懇懇。所以，喜歡投稿的朋友，既然文章不是偷偷摸摸抄襲、模仿來的，而是自己心血的結晶，好歹要對自己有信心，切莫任意更換筆名，才能在讀者心中建立「文格」品牌！

二〇〇四年九月七日

輯人憂添

十餘年前加入新聞編輯工作之後，每天起床必先打開電腦，詳細瀏覽各大報網站；開車上路，亦讓中廣整點新聞疲勞轟炸；回到家裡，打開電視即鎖定新聞頻道，目的只為增廣見聞；甚至，亦不放過新聞性談話節目，盼望多傾聽各方意見，以了解新聞真相！然而，近來打開電視，遙控器皆放在伸手即拿得到的位置，方便快速跳台，以免讓一些醜陋的畫面影響生活情緒！

本來，看電視的主要目的是娛樂身心，但電子媒體相繼吹起歪風，先是一窩蜂追逐立院「三寶」，讓低俗不堪入耳的罵人文化，成為流行的「口頭禪」，同時，也天天播報舉牌搶鏡頭的「柯董」，助長其「抗爭秀」的氣焰。少數人耍寶，做出「教壞囝仔大小」的不良示範，新聞一再重播，難道不怕產生「大狗爬牆，小狗看樣」的效應嗎？

緊接著，記者又爭相進入「上流美」的臥房，拍攝富婆炫耀財富、和擠眉弄眼、搔首弄姿的畫面。讓一個連續二十天不卸妝的女人，那特有藍色睫毛、鮮橘色口紅、鳳飛飛式帽子，以及一口前言不對後語的「臺灣國語」，充斥在電視頻道，甚至，還推上新聞主播台，簡直令人不忍卒睹！

最近，只要打開電視，儘是號稱「台灣第一名模」扭腰擺臀的畫面，特別是「人紅是非多」，掀起雙峰及學歷真假疑雲風波，沸沸揚揚不可終日，彷彿世界上僅剩她一個女人而已！否則，其雙峰是真是假，與普羅眾生何干？難道女性固有內涵與美德已不存在，僅剩下經過深度物化、能滿足男性慾望觀點的外表？

或許，經濟不景氣中年失業人口驟增，社會貧富差距擴大，「上流美」的出現，市井小民樂於見到富婆醜態畢露，深刻體認「擁有財富，不等於擁有幸福」，也藉以尋回一點窮人的自尊與滿足，何嘗不是另類社會教育？

誠然，這是一個自由經濟市場，因有人想看，所以有人供應，因而賣檳榔靠清涼西施露點、電腦展靠辣妹拉抬人氣、中元普渡上演全裸秀，蔚為當前台灣的「主流」文化，然與富而好禮的境界漸行漸遠，能不令人引以為憂？

二〇〇四年九月一日

一稿不可兩投

日前傍晚，剛踏進編輯室上班的時候，電話鈴聲突然響起，一位媽媽以很興奮地口吻急著要找編輯，她說：「孩子的作文投稿國語日報，刊出來了，那篇文章真的寫得很好，所以，已經再投寄到小學生園地，希望貴報也能再刊出來，讓更多的人看到！」

我聽明來意之後，深知天下父母心「望子成龍、望女成鳳」，兒女能寫文章刊在報紙上，絕對是一件非常快慰的事，但是，一稿不能兩投，特別是「智財權法」實行之後，任何刊物處理稿件，最怕的就是刊登抄襲文稿、或一稿兩投的文章，以免惹上侵權官司與版權爭議的麻煩；因此，大部份的編者發現作者有一稿兩投的習慣，通常會考慮列入「拒絕往來戶」，所投寄的稿件少用為妙！

事實上，編者是人，而不是神，無法讀遍天下文章，兩隻眼睛也無法看盡所有刊物，一個不小心，很容易被矇騙；因為，編者倘若不慎選用其他刊物登過的文稿，不僅臉上無光，對廣大讀者也不好交代！畢竟，任何一個掌廚者端上桌的菜肴，新鮮是最起碼的條件，「炒冷飯」或「回鍋菜」，難登大雅之堂，不是嗎？

當然，網路興起之後，部份作者將作品在討論區或留言板張貼，然後再投寄到報社，類似已公開發表的文稿，一般刊物都敬謝不敏。雖然，部份作者誤認網路張貼，並未領取稿費，但已構成公開發表的事實，與有沒有領取稿酬，沒有絕對的關係，何況，那是兩碼子事，若是「一稿兩賣」，認真說應不只是道德問題而已！

大家都知道，一個人學歷之高低，並沒有寫在臉上，但能說會寫，優雅氣質自然展露無遺，必定處處討人喜歡。而孩子自幼培養寫作興趣，循序漸進，不但能豐富人文學養，改變品味氣質；更重要的是，對未來考試升學、或長大就業，都有正面的助益。然而，為人父母、師長者，應體認孩子的心靈是一張白紙，宜先教導尊重「智慧財產權」的觀念，寫文章不可抄襲模仿，也不可以一稿兩投！

二〇〇四年八月二十七日

跟著潮流走

認真說，我算是一個比較愛書的人，以前上台北，總要撥時間逛重慶南路書街、或跑一趟光華商場舊書攤尋寶，搬回一堆喜歡的書籍，工作餘暇慢慢品讀，以滿足求知慾與藏書的嗜好！

最近陪孩子上台北，為幫他添購筆記型電腦，又去了一趟光華商場，也順便逛地下街舊書攤，但見賣舊書的攤位剩下寥寥無幾，隱埋在電子產品商家之中，心底不由得升起一股落寞的感覺，直嘆電腦與網路科技日漸成熟，傳統出版業即將在時代洪流中滅頂！

過去，金門是烽火漫天的戰地，戍守十萬大軍，對外實施軍事管制，不但電視無法看中視與台視，很多報刊雜誌亦管制進口，能拿到一本過時的「勝利之光」、「文藝月刊」、「文壇」，都如獲至寶愛不釋手，有機會到光華商場，面對滿坑滿谷的廉價舊書，「既入寶山，焉能空手而回」？

而今，人類科技高度文明，一個觀念的突破、或一項新技術的發明，即讓一個行業快速興起或消失，諸如電腦打字普及，千百年來老祖宗發明的鉛字排版，一夕之間完全淘汰出局；電腦與網路興起之後，一台像筆記本的電腦，不但可儲存所需聯絡、行事曆、備忘錄等個人資料，兼可容納一百本傳統書籍，閱讀起來可任意調整字體字型、自動翻頁，亦可輕鬆節錄作筆記，其方便性多不勝數；更重要的是，這樣的產品僅值二至五萬元，可隨身攜帶，無論走到那裡，透過網路進入如「熾天使書城」和「龍騰世紀書庫」等圖書館網站，想看什麼書，應有盡有。亦即「電子書閱讀技術」日漸成熟，上網人口愈來愈多，已成閱讀主流平台，傳統紙張書籍將逐漸消失。

從前，「臨窗深夜猶燈火，知有人家勤讀書」，讀書人想求取功名，都要長伴青燈黃卷，最高的境界是「三更有夢書當枕」；如今，傳統書日漸式微，這是擋不住的時代潮流，喜歡讀書的朋友，倘若還不會敲鍵盤、按滑鼠，是該趁早學習，唯有跟著潮流走，才是明智之舉！

二〇〇四年八月十二日

用詞遣字

自實施「教改」以來，國中基本學測廢考作文，學校與家長不重視的情況下，學生語文及閱讀能力江河日下，下筆不但錯字連篇，不會分段落、不懂使用標點符號，更無法掌握文章主旨，甚至連數理科考試題目都看不懂，不知如何解答，令許多「老」師搖頭嘆息！

過去，大小考試必考作文，每個人從進小學起即開始練習造句，透過不斷修練用詞遣字、文句組織架構，以及閱讀報刊雜誌，經由熟稔文字運用，進而培養良好表達能力與優質人文素養。可是，自教改廢考作文之後，學生不再重視詞彙之運用，只強記教科書中片斷知識應付考試，卻無法藉文字表達自己的意思，或在生活中學以致用，因而有一位國中生寫給老師的賀年卡，竟寫「祝老師——音容宛在」，令人啼笑皆非！

事實上，當下傳統文化日漸式微，肇因於年輕人迷失在電腦和網路世界，無論線上聊天或手機簡訊，在在充斥諧音、錯別字，大家見怪不怪。尤其，電子媒體現場節目為搶快播出，來不及思考或查證，亦是錯別字充斥畫面。諸如日前台灣十二族原住民「出草」凱達格蘭大道，現場播報記者為形容原住民總動員，竟連聲說原住民「傾巢而出」；因為，巢穴是鳥獸的棲息地、或盜賊的藏身處，類似錯誤引用成語加諸在原住民身上，無疑又是一項輕蔑與傷害，而且，出現在大眾傳播媒體，更易積非成是，影響深遠！

或許，「教改」導致輕忽作文，學生只會在測驗卷空格上作選擇，語文及閱讀能力日漸低落，因而不善表達思想和創意，長此以往，不僅固有文化將淪喪，國家將逐漸喪失競爭力！

其實，一個人學歷之高低，並沒有寫在臉上，但內涵氣質之雅俗，卻從表達能力展露無遺；而訓練能說會寫，靠的正是平日作文用詞遣字工夫之修練，何況，讀書識字做學問，不全為了考試升學，能學以致用更重要，否則，生活上用詞遣字鬧笑話，不是很糗嗎？

二〇〇四年七月二十八日

早睏卡有眠

日前電視新聞報導：根據美國專家研究報告顯示，每天睡眠不到六小時的人，最容易發胖。因為，人體在睡眠時會釋放出「瘦體素」，協助控制食慾的化學物質，有助於減輕體重；倘若每天睡眠不足，將影響瘦體素的分泌，也會干擾幫助燃燒脂肪的賀爾蒙分泌，造成體重增加，喜歡熬夜的人，可要特別小心了！

看到這樣的報導，身為「夜貓族」長期睡眠不足，不但仔細看完該則新聞，還特別上網搜尋相關報導，除了再一次印證睡眠不足容易發胖，也發現人體五臟六腑，夜間都在休息，長期熬夜或日夜顛倒工作，絕對不利健康。因為，長期睡眠不足，不但終日精神恍惚造成食欲不振、情緒不佳、也易引起記憶力衰退、自律神經失調，易得老人痴呆症。而且，體內胰島素不能正常代謝，還易引起糖尿病、高血壓等疾病。換句話說，睡眠對人體很重要，沒有充分的休息，是影響健康的元凶。

或許，過去是農業社會，耕稼人家「日出而作，日落而息」，都能獲得充分的睡眠，而且，種田人家靠天吃飯，終年勞碌一家人還常要餓肚子，因此，大抵身瘦如柴，無不欣羨富貴人家不愁吃、不愁穿，才會心寬體胖，因而認為發胖就是發福——福氣的象徵！而今，物阜民豐，生活水準提高之後，發胖成為人們揮不去的夢魘，為了減肥保持苗條身材，很多食物不敢吃，或「忍飢挨餓」節食，甚至，不惜花錢抽脂，瘦身已成為現代人生活上的最大課題。

本來，個人自有記憶起，家裡沒有胖子，大都身瘦如柴，可是，近年來，不知不覺也加入「中年發福」的行列，原誤以為是「夜貓族」凌晨下班飢腸轆轆，吃宵夜果腹造成「吃飽睏，圓滾滾」的結果！如今，方知除了飲食之外，睡眠不足亦是發胖的元凶，雖因工作關係情非得已，但往後仍應多加留意，同時，也要籲請喜歡熬夜的朋友，養成早睡早起的習慣，「早睏卡有眠」，才不易發胖，永保身體健康！

二〇〇四年七月二十二日

回到從前

一張珍藏幾十年的老照片重現，彷彿是時光倒流，又回到從前的情景，倍覺溫馨滿懷！

金門日報副刊自開闢「老照片、說故事」專欄以來，廣受讀者的喜愛，不但很多鄉親樂於從箱底、從相簿找出珍藏的老照片，細訴蘊藏其中的故事與大家分享，而且，每當刊登出一張老照片，其中的人與景物重現，再一次喚回許多人的記憶，重拾往日情懷！

說實在話，遠在一百五十年前，法國人利用碘化銀塗佈在銅板上，置於暗箱經針孔影像感光處理，發明了照相術；至於是什麼時候傳入中國，詳細時間無從考稽。

過去，金門是海中孤島，居民過著落後、困苦的農耕生活，除了到過南洋的「番客」親身見識，否則，島上居民根本不知道照相是何物，直至民國三十八年大陸河山風雲變色，國軍退守金門，才開始有照相機出現，但因金門是戰地，照相機仍屬管制品，民間不能私藏擁有。何況，照相器材稀少昂貴、底片和相片等耗材也不便宜，並不是一般人能消費得起，也非輕易就能上鏡頭留下影像。

因此，早年的鄉親父老，很少人有機會面對鏡頭，即使有幸能拍一張照片，由於金門天候濕熱，一個不小心照片藥膜受潮或接觸相粘，很容易泛黃、毀損，尤其，金門歷經多次戰役，諸多房舍、文物皆在砲火中化作塵土。換言之，能歷盡浩劫保存下來的照片，真的非常不容易，可以說每一張都彌足珍貴！

簡單舉個例子來說，六月廿六日本刊刊出金門早期的公共汽車，不僅車體前方有長型車頭，還備有美麗的「車掌小姐」隨車服務。這樣的歷史鏡頭，四十歲以下的年輕鄉親未能親身目睹，如今透過「老照片、說故事」使歷史重播，足以讓年輕的鄉親認識昔日的金門，也足以讓五十歲以上鄉親走過時光隧道，重拾往日生活情景。

是的，每一張老照片與其中的故事，皆是金門的歷史，也是金門的文化，冀望更多的鄉親，再翻翻箱底與相簿，找出更多的老照片與鄉親分享，讓我們一起回到從前，豐富屬於這一塊土地的歷史文化！

二〇〇四年七月十六日

投稿要件

喜歡投稿的朋友，來自各個階層，有經濟狀況良好，生活富裕的文人雅士，舞文弄墨，純為怡情養性、或抒發見解，目的不在稿酬；可是，也有許多飽讀詩書、滿腹經論的人懷才不遇，被迫煮字療飢，靠賺取微薄的稿費貼補家用！

金門日報副刊園地對外公開，廣納各方來稿，作者群不但來自海內外，也來自各行各業，對稿費的看法也有所不同；經常拆閱來稿，文末常可發現註明稿費轉贈慈善單位，或捐給特定對象。同樣的，也偶而會遇到投稿者，看到文稿刊登見報，即三番兩次催討稿費，頗有「工錢，無隔暝」之勢。

老實說，有不少作者認為區區稿費還須報稅，徒增麻煩，因而盼報社代轉贈其他人，與急需稿費的作者，兩者統統給報社帶來困擾！先說前者，一個作者絞盡腦汁，好不容易寫出來的一篇稿子，應得的報酬慷慨捐贈他人，乍看是好事一樁，然而，目前稿費依法課稅，作者並未附受捐贈者的基本資料，稿費根本無法開計，也就無法代為轉贈，否則，報稅時所得扣繳憑證如何交寄？

其次，稿費核發有一定的程序，所有的報社都一樣，絕非像到超商購物立即結帳「銀貨兩訖」。目前，報社稿費是每月結報一次，再經呈報審核，最快是隔月中旬之後才能寄發，因此，急需稿費的作者，也只能多等幾天！

值得再說明的是，著作權法公布施行之後，作者若涉嫌抄襲侵權，恐將挨告吃官司，因此，任何刊物都不敢採用來路不明的文稿，規定投稿者應附真實身分資料，甚至，有些刊物發稿前，還要作者傳真身分證影本，目的在確認身分，並方便核發稿費，報稅的季節寄發所得扣繳憑證。換言之，投稿者個人資料不完整，不但編者對文稿來源「怕怕」，即使文章沒有爭議，確有刊登的價值是可以考慮採用，但稿費也無法核發，將遭「暫時保留」或視同自願放棄處理，所以，投稿者應附個人詳細資料，這是必要的條件，還請多加配合！

二〇〇四年七月十一日

他山之石

孩子高中畢業後去了一趟上海，見識到擁有二千萬人口的十里洋場，回來後最大的感觸是：環保觀念落伍，賣場服務人員態度欠佳！

根據孩子的說法，在台灣地區，公共場所早已實施禁菸，沒有人敢公開「抽菸」，違者將處高額罰款，可是，到了上海放眼機場、車站或高級大飯店等公共場所，到處有人在吞雲吐霧、渾然而忘我，民眾環保的觀念落後台灣地區甚多！

同樣的，在台灣地區，只要進入餐廳或超商賣場，服務人員都會齊聲高喊「歡迎光臨」，親切地接待或熱忱推介產品，即使沒有消費「買賣不成仁義在」，依然「以客為尊」期待下次再來，臨走前服務人員還會鞠躬打揖，高喊「謝謝光臨」；可是，在上海街上，特別是公營的賣場，顧客上門服務人員愛理不理，甚至，消費者在貨架前仔細看貨，服務小姐還會很不客氣下逐客令，喝斥：「不買快走開！」因為，店員受僱的工資是固定的，業績好壞不影響薪資，因此，上班時貨品有沒有銷售出去無所謂，最重要的是要看管好貨品，千萬不能遭竊短少，否則，下班前盤點可要負責賠償損失。

也許，孩子上了高中之後，即常購閱商業週刊，耳濡目染一些民間企業經營理念，難怪初次到上海，發覺與想像中的「十里洋場」落差極大，民眾環保觀念落伍、與賣場服務人員態度，較之於台灣，真有天壤之別！

其實，「有功無賞，打破要賠！」這是官衙中吃公家飯人的通病，自古已然，於今不改！不獨上海賣場服務人員如此，當下國內許多公營事業單位，亦是毫無績效概念，不主動積極開源業務，也不懂節流成本，因而不是民間企業競爭的對手，以致虧損惡化關門倒閉，員工遭遣散中年失業，抗爭事件層出不窮！

所謂「他山之石，可以攻錯！」這是一個競爭的時代，孩子去了一趟上海，除了大開眼界見識十里洋場的景象，也實際體認到兩岸的差異，足以更加珍惜眼前的生活環境，該算是意外的收穫吧！

二○○四年七月五日

燒瓷吃缺

金門尚義一帶蘊藏瓷土，戰地政務時期除了開採銷台，繼胡璉將軍在舊金城建酒廠之後，民國五十一年，戰地司令官王多年將軍，亦在金湖漁村建窯燒瓷，繁榮地方經濟，增加青年就業機會；草創之初，以製碗為主，後來雖大量製金酒瓷瓶創佳績，讓金酒名瓷相得益彰，名滿天下，但幾十年來，民間對陶瓷廠仍習慣稱為「碗廠」。

俗話說：「燒瓷的吃缺，織蓆的睏椅」。一般而言，燒瓷製碗的人，通常是把完好無缺的成品拿去市場販賣，有瑕疵或小缺角的貨品不值錢，也沒有人要買，在「成品不毀」的情況下，只好留著自己使用；而織蓆的人，辛辛苦苦編織出來的睡蓆，往往不忍心睡壞心血結晶，反而常常睡在木板或藤椅上。

其實，各行各業都一樣，小時候生長在濱海的漁村，目睹討海人家捕獲較大的魚蝦、螃蟹，趕緊搶鮮挑去市場販售，留下雜魚、小蟹自己食用。同樣的，耕作人家也是將種出來的蔬果，精挑細選碩大、肥美的拿去市場賣，才能賣得好價錢；換言之，中華民族儉樸成性，把好的給別人，次級的留給自己，「燒瓷吃缺」遂也成為一項傳統美德！

記得十幾年前，有機會與一位曾是「碗廠」創廠的元老共事，長時間的朝夕相處，對他的為人處事有更深一層的認識；然而，讓我折服的不是他的博學多藝與樂於助人，而是一個陶藝人永保「燒瓷吃缺」的精神。因為，他在「碗廠」任職的戰地政務期間，倘要引進私人進入單位，簡直易如反掌，可是，他將精研的技術傳承後輩，卻從未推介任何一個親人或朋友進入廠內工作，尤其嚴禁兒女進入自己的工作職場，怕的正是徇私蜚短流長！

然而，環顧今日社會，教育普及、知識水準提高之後，人們懂得逢迎拍馬、善於鑽營取巧，掌權握勢的人「利益擺中間，道義放兩旁」，大剌剌地酬庸親信，好處「整碗捧去」，儘管輿情譁然，笑罵由人，仍充耳而不聞！昔日，內舉不避親「燒瓷吃缺」的美德，已日漸式微，能不令人嗟嘆？

二〇〇四年六月二十九日

又見鳳凰花開

民國六十三年鳳凰花開的季節，我穿著黃卡其的制服，胸前簪著一朵小紅花，與金中第二十屆三百餘位普通科、及百餘位職業科的同學，在「白宮」大禮堂領取畢業證書後，茫然地走出校門，面對不可知的來！

同樣的，今年鳳凰花開時節，我的孩子也穿著金中最後一屆黃卡其的制服，胸前簪著大紅花，在「白宮」大禮堂領取畢業證書，與三百二十四位第五十屆的同學，在洋溢歡笑的驪歌和祝福聲中各奔前程。

父子同為金中畢業生，其間整整相差三十年，一樣的制服，一樣的畢業典禮場景，乍看之下，時光好像停滯不前，尤其，高職早已獨立設校，金中畢業典禮場面不如往日盛大，但仔細比一比，三十年前後畢業生的心境差異，真有天壤之別，不可同日而語！

記得三十年前，金門還是戰地，砲彈隨時臨空轟炸，生命朝不保夕，對外封閉形同孤島，不但生活條件差，學習環境也嚴重落後，尤其，國內大學院校屈指可數，招生名額有限，金門學生需搭軍艦，經海上暈吐三十餘小時赴台應考，能金榜題名者鳳毛麟角，何況，戰火下民不聊生，很多家庭根本沒有錢讓孩子到台灣唸書，因此，許多畢業生被迫放棄升學，選擇就業謀生！

而今，大學院校林立，升學率超過百分之百，只要想升學，人人有機會，而且，採行多元入學方案，進大學的管道很多。就像今年，畢業典禮之前，金中應屆生即依保送、推甄和申請方式，近半進入理想大學之門，因此，拿到畢業證書後，即相約組團循「小三通」暢遊故國河山，怎不令人欣羨他們是「天之驕子」？

時光匆匆，又是鳳凰花開時節；猶記得當年從金中畢業的情景，彷彿仍是昨天的事，那知為生活打拚，不知不覺中已晃過三十載春秋，我的孩子也自金中畢業，只是，今天想升讀大學易如反掌折枝，這是時代進步的好現象，該為孩子感到高興，然回想自己童年在砲火下虛度，卻也忍不住油生幾許喟嘆！

二〇〇四年六月二十三日

無求品自高

中華文化博大精深，很多字造得非常有意思，諸如：「錢，有二戈，折傷古今人格；窮，只一穴，埋沒多少英雄」。是以，功名利祿是很多人一輩子追求的夢想，那怕是三更燈火五更雞、或寒窗苦讀一十年，為的是從科舉場中揚名立萬，在金鑾殿接受封官賜爵，一旦袍笏加身，將有享不盡的榮華富貴！

從前，封建時代想為官，靠的是「一命、二運、三風水、四積陰德、五讀書」，缺一而不可；換句話說，過去想學而優則仕，那是「三分天註定，七分靠打拚」，除了自身要努力飽讀詩書，更要靠祖先平日種因緣、修福報相庇蔭。

可是，今天科技發展日新月異，資訊傳播無遠弗屆，社會型態已完全改變，年輕人不再相信命運、風水和因果報應，所讀的書冊不再侷限於聖賢書，所學的不再是修身、齊家、治國、平天下的道理，而是如何運用技巧在學測取得高分進名校，將來能一夕致富、或一步登天！

所謂「天高不算高，人心比天高。」一個人的心境快樂與否，有時不在於他擁有的多，而是因為他計較的少。揚州八怪之一的鄭板橋，曾以「青菜蘿蔔糙米飯，瓦壺井水菊花茶」

貼於宅門時時自省，每日粗茶淡飯，自得其樂；而清代文學家紀曉嵐，則將「事能知足心常泰，人到無求品自高」懸於客廳，自娛自勉。

可是，這年頭人心不古，為了選票，可以不擇手段；贏了選票猶不知足，還要再來一次公器資源總掠奪的「割喉戰」，以選戰的操盤手、鑼鼓手、和打手，分別操控金融、媒體和選舉機器，儘管輿論譁然，卻仍充耳不聞，任其笑罵由人。換言之，居廟堂之上義利不分，不憚物議、不畏公評，如何不催化官場倖進取巧，阿諛成風？市井小民為了溫飽肚子，偷搶詐騙橫行，又何足為奇？

金門有一句俗話說：「錢銀有地賺，名聲無地買！」對照「錢有二戈」，實有異曲同工之妙。或許，一個人追求名利是應該的，但切記吃相不要太難看，千萬不要讓人看笑話才好！

二〇〇四年六月十七日

有恥且格

孔子在論語「為政篇」第三章曰：「道之以政，齊之以刑，民免而無恥；道之以德，齊之以禮，有恥且格。」

說實在話，三千多年前「至聖先師」孔老夫子的論述，以現代人的眼光來看，諸多字彙是艱澀難懂，然而，上述這一段文字卻很淺顯，按照字面上的解釋是：治理國家常用政令、法條來規範百姓——道之以政；百姓違犯法令即施以刑罰——齊之以刑；百姓懼怕刑罰，是不敢犯法，可是，難免有人鑽營法律漏洞贏取利益，內心不覺得慚愧與羞恥——民免而無恥。因此，法令訂得多，並不等於就能維持社會公平正義。

相反的，為政者倘能以高尚道德作領導——道之以德，讓子民經禮教感化涵養——齊之以禮；大家就不敢違背良心，去做不道德的事，即使不小心犯錯，也無需等到法律制裁，內心早已感到羞愧，人心向善，社會和睦——有恥且格。

然而，環顧今日社會，法令多如牛毛，不但繁雜冗長，且朝令夕改，非一般市井小民所能適從。何況，財大氣粗的人，可以花錢養人頭、買廣告營造高民調，進入國會殿堂，因人設法、因事修法，好處統統往自己的身上攬。

再者，有錢也有權的人，明目張膽違法亂紀，出了事再花錢聘請律師強辯，或動用權勢關說，把罪過往別人身上推。君不見，小市民交通違規或漏報所得，只能俯首認罪受罰，可是，官夫人連續漏報六次巨額股票交易，竟都是會計師的疏失，即是最佳明證！

所謂「風俗之厚薄，繫乎一二人心之所嚮！」總統侍衛長執行勤務，竟讓歹徒公然開兩槍，分別擊傷正、副總統後逃之夭夭，這是何等嚴重的疏失，無論事前防範、或事後處置，衡情論理，就算沒有撤職查辦，也該懲處以昭炯戒，可是，竟獲暗中頒贈勳章和記兩大功，引發舉國譁然，儘管強調係依法辦理。然而，沒有掌聲的獎勵，就算是合法，卻遭千夫質疑不合情、不合理，這樣的勳章和大功，受之能心安嗎？

二〇〇四年六月十一日

熱門！窄門？

最近，台北市甄選一百零八名國小教師，有超過一萬人報名；華航招考八十名空服員，有八千多美女競逐；淡江大學徵聘五十名師資，五百多博士應試，錄取率都創下歷史新低！

值得注意的是，這些求職者普遍是剛走出校門的社會新鮮人，也是各專業領域的菁英，大家為了溫飽肚子而擠破頭，足以管窺當下失業情況之一斑！所謂「男怕選錯行，女怕嫁錯郎！」這是一個專業和競爭的時代，孩子讀錯科系，畢業等於失業，選校之前豈能不小心謹慎？

我的孩子今年高中畢業，面臨選讀大學科系抉擇。當然，眼前醫科仍屬第一熱門科系，可惜對孩子來說，那是遙不可及的夢想，以孩子的學測成績，只能退而求其次選填理工科志願，幸獲推甄錄取元智電機系，也推甄上了兩個資工系、以及一個藥學系。按理說，只要電子科系畢業，將來有機會進入科學園區，最起碼，找個工作應該沒有問題。

然而，我閱讀過一篇報導，一位上市公司的「電子新貴」，籲年輕朋友選讀電子科系宜三思，因為，科技發展瞬息萬變，常常早上發明的科技產品，下午即被淘汰，產品競爭集團化，公司的成員皆為小鏍絲釘，那怕是喝過洋墨水的博士，充其量也只是「高級勞工」，背負著沈重的工作壓力。

而資訊軟體研發，印度人才濟濟，雄霸美國矽谷，何況，許多國際專利程式，壽命都很短，被淘汰之後一文不值。雖然，科技公司每年都會到校園搶人，網羅加入研發團隊，然一個人的智慧有限，被壓榨光之後，隨時將被調往行銷部門，甚至派到國外駐點，人生地不熟拚業績談何容易？尤其，離鄉背井家庭無法兼顧，就算沒被公司資遣，也常被迫自動走人，成為「中年失業」一族！

幸好，孩子常購閱商業週刊，心中自有定見，當他決定放棄電機和資工系時，很多人認為「頭殼壞去」，唯獨我舉雙手贊成，深信今天的「熱門」，就是明天求職的「窄門」，孩子的未來端看個人造化，有興趣最重要，畢竟，四年大學和一年多兵役之後，屆時就業市場是什麼局面，誰又能料想得到呢？

二〇〇四年六月五日

字字都是寶

自去年五月兼編副刊以來，每次接到作者來稿，無論是一篇砲火餘生歷險記、感恩的故事、追懷憶往之思古幽情，或溫馨「咱的俗語話」等等，每每在享受「先睹為快」之餘，也常常被感動得眼眶一陣又一陣的濕熱。

日前，接獲抗戰前「金水學校歌曲」一稿，作者績夏先生回溯七十年前的金水小學，老師將前水頭村民平時管弦樂器合奏的歌譜，另新編以簡單的歌詞，好記又好唸，不但村子裡人人朗朗上口、校園弦歌不輟，且組隊前往城區遊行與歌劇演出，藉以宣導家戶清潔衛生工作，由於演出精彩，意義非凡，除了引起滿街民眾爭相圍觀，縣長李世賡尤其高興，還親自到金水學校來向校長及師生們道謝！

當然，抗戰前「金水學校歌曲」一稿，若是一般文史工作者鄉野採集，再經刻意的營造所作的「二手傳播」，這樣的作品充其量只是一篇報導文學，委實不值得大驚小怪。然而，文稿的作者績夏先生，是年逾八十歲的「老阿公」，將自己孩童的記憶，一字一句寫下的第一手報導，益顯彌足珍貴！

值得一提的是，由於年代久遠，績夏先生為恐歌詞記憶有誤，還不惜耗費昂貴的國際電話費，特別聯絡旅居印尼泗水的黃篤就和鄭再法鄉親，請二位當年參與演出者幫忙參酌校正，文末也不忘向他們申謝，真情流露「成功不必在我」的胸襟；同時，概嘆屬於前水頭的文化遺產，現在村裡已沒有人會演唱，不久的將來，歌詞將消失於無形，豈不令人惋惜感嘆？

所謂「一方土，養一方人」，地方報要凸顯地方特色，金門日報的「浯江副刊」，有記錄地方歷史文化、和傳承風土民情的責任，類似抗戰前「金水學校歌曲」的文稿，極具地方文獻價值，因此，我們即以最快的速度安排版面刊出，冀望透過網路傳輸，以饗海內外鄉親及關心金門這塊土地的讀者，尤其，這樣的文稿是出自地方耆宿之筆，可以說「字字都是寶」，足供浯島世世代代子孫典藏！

二〇〇四年五月三十日

命好不怕運來磨

話說宋朝開封府尹包拯，不畏皇親國戚、鏟奸除惡，守京之日治下寧靜，奸邪斂跡，犬不夜吠，公正廉潔如秋月之明，無分王侯將相或尋常百姓，無一不崇敬，因而有「包青天」之美譽，成為人們心中正義的化身！

然而，包拯生來命運多舛，其父包懷樂善好施，是遠近馳名的「包善人」，膝下原育有兩子包山、包海，皆已娶媳，卻在知天命之年又老來得子，然三子臨盆之前「包善人」午間打睏，睡夢中一道紅光閃過，眼前出現一隻頭長犄角、巨齒獠牙的怪物，適巧僕人驚惶稟報，夫人生下一名身黑如碳的麟兒，包懷驚嚇之餘，慨嘆平日行善積德，竟生了妖精，是為不祥之兆。

本來，包家的財產，兄弟倆將來可「二一添作五」，如今又多生一男丁，將成「三一三十一」。亦即包拯一出生，就擋到哥哥的財路，因此，包海夫婦指妖精進門，將帶來衰運家敗人亡，獲其父首肯連夜裝簍丟置後山草叢餵虎，幸詭計被長兄包山夫婦知悉，暗中尾隨撿回託人撫養。六年之後，「包黑子」才重回生母懷抱。

可是，包海夫婦仍不罷手，又多次藉故陷害，諸如有一次「包黑子」傍晚放牛回家，其二嫂給予餡餅，要他趁熱快吃，豈料，餡餅不慎掉落地上，被一隻大黃狗迅速叼走吞進肚子裡，一眨眼的工夫，大黃狗倒地七竅流血，一命嗚呼！

又有一次，其二嫂藉故金簪掉落井中，以繩索繫在「包黑子」腰際，要他下井撿拾，卻半途鬆手，多虧井水不深逃過一劫。後來，「包黑子」經名師教誨，飽讀詩書、滿腹經綸，殿試中舉受封為開封府尹，為官清廉儉樸、大公無私，斷案如神的傳奇故事，千百年來為人們所傳頌！

當然，歷史人物故事，經精心編導為章回小說與戲曲，旨在教化人生、或娛樂大眾。然所謂「棚頂有伊款戲，棚腳有伊款人」，連日來深夜下班回家，從「熾天使書城」網閱讀「包青天」，品味包公抽絲剝繭審案，三道「御鍘」鏟奸除惡，伸張公理正義大快人心！同時，也領略到人世間「命好不怕運來磨」，包青天尚且遭遇連串致命的迫害，吾輩凡夫俗子，又豈能倖免？

二〇〇四年五月二十四日

溫馨五月天

時序輪迴，又是溫馨五月天，康乃馨盛開的季節，人間感懷母恩的日子！

或許，一份地方報的副刊，除有記錄地方歷史文化、和傳承風土民情的責任，亦應配合節慶推出應景文章。因而在母親節之前，規劃自五月起開闢「康乃馨的季節」專題，藉以匯聚讚美母愛的詩篇、或給媽媽的幾句窩心話，以及感念母恩浩蕩、追懷慈暉的文章，增添幾許節慶氣氛。

本來，按照個人最初的估計，倘能順利徵集十幾篇文稿，每天一篇點綴版面，能延續到母親節當天，即算功德圓滿。豈料，四月底我發出五十封「伊媚兒」，隔天即收到六篇，五月一日起首篇「唱一首康乃馨的歌」及簡約推出之後，更引起廣泛的迴響，稿件從各地源源不斷湧至，泰半是祝福母親生日快樂；亦有遠嫁金門的大陸新娘，懷念遠在故鄉的母親；也有母子情深，卻因「樹欲靜而風不止，子欲養而親不待」，別上第一朵白色的康乃馨；……等等，篇篇親情流露，句句感人肺腑，讀來令人溫馨滿懷！

說真的，童年生活在砲火下，飽嚐窮與苦的日子；及長，遭遇諸多險阻和挫折，跌倒了，翻個筋斗爬起來，自認是有血無淚，不怕風、無懼雨的粗漢，尤其，年逾不惑，淚泉早已乾涸，然審閱感懷母恩的來稿，驚覺眼眶仍有一陣又一陣的濕熱，莫非真的「人非草木，孰能無情」？

的確，來稿篇篇是佳作，無一能割捨，儘管母親節前夕連續兩天以全版刊載，仍無法完全消化，幸好，當初是以「康乃馨的季節」，能在溫馨的五月天刊出，即無「過時賣日曆」之虞。是以，節後刊出的文稿，並非作品不好，而是受限版面情非得已！

大家都知道，一份刊物之經營，靠的是作者、編者和讀者，三者之間維繫良好的互動，倘若作者不供稿、編者將面臨「開天窗」的窘境；倘若文稿刊出，讀者沒有興趣閱讀，等於大家白忙一場。此次康乃馨的花朵在「浯副」盛開，感謝作者的支持，更謝謝讀者的鞭策與鼓勵！

二〇〇四年五月十八日

出門拄著好人

日前午後，專程開車到瓊林買水，車抵供水站前，遠遠地即瞥見四、五位身穿橘色制服的年輕人，正通力合作忙著裝水，未等我車子開進供水站，其中一位個兒特別高的即迎面前來，很友善地向我招手，指著另一台空著的賣水機：「那台機器故障了，吃幣不出水，我們快裝滿了，來這一台等一會兒！」

其實，兩天前，我曾在靠西邊的那台機器投幣，一元的投幣孔卡幣，五元的投幣孔吃幣不出水，早知那台機器有問題；而且，機器下方的水泥地上沒有濕痕，根據多年買水的經驗，一眼即看出那台機器故障尚未修復，又獲同是買水的消費者幫忙告知，更不必再去投幣嘗試，畢竟，人家是一番好意，豈能不賞光？

原來，那群穿橘色制服的年輕人，是海巡隊的官兵，我連聲向那位前來招呼的弟兄稱謝之後，依然坐在駕駛座上，一邊聽中廣播新聞，一邊目睹他們合作無間地在取水，不一會兒的工夫，幾個水桶裝滿後，大伙兒忙著把水桶提進車箱，其中一人從口袋裡掏出一疊黃色的標貼紙，撕了一張遞給「高個兒」，但見他拿著標貼紙，直接走到那台故障的賣水機前，用筆寫著「機器故障，請勿投幣」，仔細貼牢在投幣孔旁，才上車離去。

看完這一幕，我若有所悟，腦海裡立即湧現兒時生活在敵人的砲火下，常窮得衣不蔽體，一套黃卡其的學生制服，哥哥穿到身體長高了不能穿，交給弟弟繼續穿，鈕釦掉了或小破損，母親總是把我拉到身邊用針線縫補，避免缺少鈕釦受風寒，或衣服破洞繼續擴大；記得母親常常是一邊縫補，口裡不停地唸著：「在身紩，就身縫；怨針嘸怨人；出門拄著好人；啥人罵阮嘴生蟲；好心好行逗相援，阮感恩伊一世人。」

原來，這群海巡隊官兵，不但主動幫忙我，還默默幫助許許多多不相識的人，他們「不以善小而不為」，處處行善，樂於助人，這樣的「好人」已經愈來愈少，卻被我遇到了，能不感激在心？

二〇〇四年五月十二日

重讀「桃花源記」

日前，收到一封題為「現代桃花源」的副刊投稿，作者感覺在「金門」生活超級的舒服，可以到海邊撿拾海貝、海鮮烹飪、到處可聽蟬鳴鳥叫、也可眺望海景吹海風，居民生活純樸，這絕對是都市人渴望找尋的「世外桃源」！拆閱這封投稿，我搜尋三十年前國文課本中讀過的「桃花源詩并記」，兩相對照之後，決定儘快安排版面刊出，以饗讀者！

「桃花源詩并記」是晉朝詩人陶淵明虛擬一個風景優美、民風純樸、饒富人情味的世外桃源；在那裡人們勤奮耕作、悠然自得，享受寧靜的生活樂趣，「結廬在人間，而無車馬喧」，那是人們夢想的最高生活境界。

其實，陶淵明是東晉名士陶侃的後裔，然陶侃為官清廉，身後家道中落。尤其，陶淵明八歲喪父，十二歲生母病逝，生活困頓，幸其外祖父家裏藏書甚多，提供閱讀古籍和了解歷史的條件，飽讀詩書之後胸懷大志，年廿九出任縣令，但看不慣官場阿諛、諂媚，為官八十餘日慨嘆：「無不能為五斗米折腰，拳拳事鄉里小人。」遂掛冠解印辭官歸隱故里，過著「夫耕於前，妻鋤於後」的田園生活。

當然，農耕生活不比在朝為官，享受俸祿那般輕鬆容易，一如其歸園田居詩云：「種豆南山下，草盛豆苗稀。晨興理荒穢，帶月荷鋤歸。」可以管窺務農是多麼的辛苦，然而，「道狹草木長，夕露沾我衣。衣沾不足惜，但使願無違。」他們仍安貧樂道，因而寫下「採菊東籬下，悠然見南山」千古不朽的詩篇。

或許，陶淵明筆下的「桃花源」真的不存在，因為，至今沒有人見過武陵人；也或許，古往今來，官場中人敢於不同流合污，能不為五斗米折腰者，畢竟是少數。相反的，為了名利與權位，不惜卑躬曲膝汲汲營營，或好官自我為之，笑罵由人！昔日年幼懵懂，讀「歸去來辭」，只能囫圇吞棗，無法領略其中滋味，如今年近知天命，重讀「田園詩人」的章篇，內心又有更深一層的體認！

二〇〇四年五月六日

難忘的一課

開國元老吳稚暉先生，年少即看不慣滿族官僚欺凌百姓，某次巧遇朝官乘轎路過孔廟前未下轎，憤而拾磚頭投擲，遭差役逮捕送辦；又有一次，目睹朝官公然狎妓飲酒作樂，著奇裝異服到場獻藝，高嚷請賞花酒三杯，遭衙役亂棍逐出門，「吳瘋子」之名不脛而走！

戊戌變法之後，吳稚暉力主廢「八股文」，常為文攻訐時政，是維新派的活躍分子，為滿清朝廷所不容，遂逃往日本鼓吹革命。民國肇建，孫中山先生在南京就任臨時大總統，他在總統府幫了四天忙，便跑到上海商務印書館當編輯；蔡元培出任北大校長，邀他當學監，亦遭婉辭。政府播遷來台之後，蔣中正要他出來做官，他說：「我是無政府主義者，脾氣也不好，不敢當呀！」

吳稚暉一生不愛當官，生活儉樸，三餐清粥小菜，手頭寬裕時加片肉也覺得奢侈；大家知道他清廉，央求幫忙辦事沒有人敢送禮，甚至送書畫古玩，也遭當場扔出門外，他常說：「非義之財不貪，無功之祿不受！」

此外，吳稚暉認身軀是臭皮囊，生平最反對做壽，六十歲那年，親友為他慶賀花甲壽誕，廳堂紅燭高燒、壽幛高掛，壽桃和壽麵滿桌，嘉賓滿堂，唯獨不見壽星出場，原來他溜到杭州，並發出一信：「糊裏糊塗，醉生夢死，不知已登花甲！」八十歲那年，又有人幫他祝壽，仍遭拒絕：「我是趁閻王爺打瞌睡時逃出來投胎的，千萬不能做生日，否則將被捉拿歸案。」民國三十八年隨政府來台，五年後病逝於台北，享年八十八歲，遵奉遺囑骨灰安葬於金廈海域。

上述吳稚暉的傳奇故事，是三十年前在金門高中上經國先生「永遠與自然同在」那一課，聽黃書文老師附帶精彩的解說，其情節至今縈繞腦際，然而，這些年來，是常遇見急公好義的市井小民，但放眼朝野政壇，鮮少看到如吳稚暉不愛作官、清廉儉樸的要員，甚至，政客為了爭權奪利，所使用的手段，只為權利贏一次，不怕名節輸永遠，怎不令人嗟嘆？

二〇〇四年四月三十日

投稿與修稿

一份刊物供公開投稿的園地，編者對來稿能動手修改嗎？答案是肯定的。理由很簡單，因為，任何刊物都不願當垃圾桶來者不拒，或淪為「留言板」照單全收，畢竟，編者選用文稿刊登，即要負起相對的責任，何況，放眼當前所有刊物，幾乎皆有約在先：「本刊對來稿有刪改權，不願被刪改者請註明」，早已成為人盡皆知的慣例。

其實，一份刊物之良窳，是逐步向上提升、抑或向下沈淪，負責守門的編者扮演重要的角色，就像掌廚者把菜端上桌之前，應事先善加整理，除要注意清潔衛生，也要考慮色香味齊全，才能讓饕客食後口齒留香、回味無窮。

事實上，投稿來自四面八方，水準參差不齊，倘若來稿文情並茂，走筆如行雲流水，或真情流露感人肺腑，任誰讀後都會拍案叫絕，編者必定儘快安排版面刊出分饗讀者。相反的，若來稿字裡行間隱藏攻訐謾罵、情緒發洩；抑或自戀、自我歌功頌德、以及拖泥帶水不知所云，不僅編者看不下去，讀者也沒有興趣閱讀，這樣的來稿將難逃被擱置。然而，有些作品若經適度修潤不失原意，且瑕不掩瑜，值得給作者鼓勵的機會，因為，每篇文稿都是作者心血的結晶，豈能不多加珍惜？

一般而言，編者普遍會尊重作者的「智財權」，儘可能保存原著的完整性，不會無聊到故意花費心神亂加刪改，特別是具學術性、或言論性「文責自負」的文稿，自是不能輕易刪改，才不會引發爭議。

當然，一篇未經刪改刊出的文稿，並非全然沒有瑕疵，作者不必躊躇滿志；同樣的，一篇經稍加潤飾的文稿，也不見得是寫作技巧火候欠佳，畢竟，一篇文稿刊出來，千萬隻眼睛在看，容不下任何舛誤，為配合版面編排與美觀，深化可讀性，提升刊物水準，文稿作必要的適度修改，那是編者無所逃避的責任；當然，文稿不願被刪改，也是作者的權利，但務請事先註明，否則，編者擁有刪改權，不容置疑！

二〇〇四年四月二十四日

石頭與鋤頭

大自然界的每一塊岩石，都是歷經時空焠煉而成，分為火成岩、沈積岩、變質岩三大類；火成岩是由火山爆發岩漿冷卻固化形成；沈積岩是由河流、冰川、或風力搬運沈積物，經日積月累壓密而成；變質岩則是由原有的岩石深埋地底，經高溫、高壓環境下成特殊變質的岩石。

一般而言，岩石堅硬、笨重、和粗俗，常疊成高山峻嶺，廣袤無垠，成為自然界天然的屏障。根據科學家估計，地球有四十五億年的歷史，人類的老祖宗遠在五十萬年前，即開始運用石頭研磨成器具，如打造石刀宰殺動物，以茹毛飲血；或磨成扁平的石斧，以砍倒千年古木，這就是人類史上所謂的「石器時代」。

時代的巨輪不斷推進，歷史的腳步也未曾停歇，人類歷經「石器時代」進化之後，又歷經陶器和銅器時代的演進，以至今日的科技時代，人們善用智慧和工具，能開山闢地，輕易將巨石炸開、切割，或加工成建築材料，或雕刻成藝品。其中，尤以密度最高的鑽石，價值最為昂貴，成為爭相收藏的寶物。

事實上，任誰都知道石頭堅硬，雞蛋碰石頭，雞蛋永遠都是輸家。然而，石頭也非東方不敗，大家都玩過「剪刀、石頭、布」的遊戲，君不見，剪刀鋒利能剪開布匹，卻怕石頭砸了鋒口；同樣的，石頭雖堅硬，卻會被柔軟的布匹所包覆。總歸一句話，宇宙間物物相剋，沒有永遠的贏家。

其實，石頭笨重、頑固，最怕小巧玲瓏由鋼鐵鑄造的鋤頭，隨時會被敲得粉身碎骨，但鋤頭倘非爐火純青鍛造，敲在石頭上亦易損傷折角，或者，縱然鋤頭百煉成鋼足以無堅不摧，若用來敲打棉花，恐怕是無濟於事，亦將為智者所譏；換句話說，鋤頭是石頭的天敵，但敲打石頭，也要順著石材的紋路著力，才能收「事半功倍」之效，尤其，舉起鋤頭敲石頭之前，必需先蹲好馬步，擺好正確的姿勢才下手，否則，不按牌理出牌亂敲一通，一個不小心，鋤頭沒有敲碎石頭，可能反彈打中自己，即使沒有腦震盪，也可能起個大膿包，將是得不償失！

二〇〇四年四月十八日

感恩的心

報社人事員阿標榮調高升人事主任，許多朋友買廣告登報致賀，祝福步步高陞。本來，與他係多年好友，又有機會同在一個單位共事，「既在佛下會，都是有緣人」，何況，曾承蒙多方關愛，理應跟大家一起獻上誠摯祝賀才是！

然而，近年來上夜班，作息日夜顛倒，生活步調逐漸與社會脫節，一般喪事公祭在大白天舉行，大抵還能撥空參加三鞠躬；而一般喜慶婚宴，則普遍在傍晚辦桌，每每正是上班埋首編務的時刻，實在不克分身前往。何況，傍晚上班前若不先小憩養足精神，坐上編輯桌一連工作五、六小時，瞌睡蟲絕對叫個不停！總歸一句話，我在報社三十年了，阿標前年才來社服務，既沒有迎新舉杯，也錯過榮調歡送，實在有虧朋友情誼！

其實，阿標來社服務僅短短一年，且是人事人員。按理說，公務員按月領薪，「爾俸爾祿，民脂民膏」，每一分錢都來自人民的納稅錢，為民服務本是應盡的天職，公務員稱作人民的「公僕」，一點也不為過；而人事員的職責是為「公僕」服務，堪稱是公僕中的公僕。因此，人事人員若是負責盡職，促進內部團結和諧，讓單位逐步向上提升，那也是天經地義，不足以大驚小怪。

然而，值得一提的是，阿標初調報社，頭一晚輪當值日官，特別上新訊樓與夜班同仁會面相識，發現很多人自行帶水壺，或用電茶壺燒水泡茶，既不方便，也不安全，隔天即主動申請一台全新開飲機，從此以後，大家隨時有水可喝，尤其是在農曆新年期間強烈寒流籠罩，凌晨時分下班氣溫皆在四、五度之間，不少人先喝杯熱水才回家，心頭那份溫暖，委實難以言喻！

說真的，表面上，阿標主動幫大家購置一台飲水機，這是一件很小的事，但公務員能主動發覺問題、解決問題，以一顆利濟大眾的心服務人群，何嘗不是功德一樁？今天他榮調高陞了，但往後的日子，夜班同仁隨時有開水解渴，那份感恩之情，將永銘心版！

二〇〇四年四月十二日

三腳貓功夫

三十年前剛踏出高中校門，旋即進入工作職場，那一年我才十九歲，在單位裡工作小組十二個成員之中，算是最「幼齒」的小弟，而且，一個鄉下乳臭未乾的孩子，毫無社會經驗，也欠缺行政程序概念，因而時時誠惶誠恐，深怕一個不小心犯錯要出醜，也可能丟了飯碗。

那時候，工作小組裡有一位從軍中退伍的成員，年齡最大，熟悉行政程序，是大家心目中的「大哥」，平日大家生活在一起，無論遇到工作上或人情世故方面的疑難問題，求教於他皆可迎刃而解，特別是他古道熱腸、樂於助人，倍加獲得大家的敬重！

然而，這位有求必應的「活菩薩」，並非博學的專家學者，而是常自謙因砲戰失學，國小畢業即去士校當兵，是一個道道地地不學無術的「三腳貓功夫」。因此，「三腳貓」一詞，遂也成為他常掛在嘴邊的「口頭禪」，久而久之，大家習以為常，見怪而不怪！

說實在話，當年初識「三腳貓」一詞，頗為訝異與迷惑，卻又不敢問同儕，經私下查閱書籍辭典，原來「三腳貓」是比喻一個人學藝不精，只懂皮毛而已，如果善於藏拙，還不致於現出原形；反之，則易於自暴其短！畢竟，正常的貓有四隻腳，能跑善跳，尤善於攀簷走壁，鮮少失足墜地跌跤。換言之，如果是一隻只有三隻腳的貓，也自不量力敢於攀高爬低，極可能隨時跌得鼻青眼腫、或灰頭土臉！

這些年來，我把老同事「三腳貓」的口頭禪奉為圭臬，時時引以為戒。因為，自己同樣生長在戰亂的年代，沒有在國中階段輟學「投筆從戎」進第三士校，還能唸到高中畢業已屬萬幸！如今自知是屬於沒有學歷的一族，靠長期摸索自學的一招半術，正是所謂的「三腳貓功夫」，實難登大雅之堂，更應懂得自我藏拙，何況，「外行人看熱鬧，內行人看門道」，一個人的言行若「凸槌」，看在大眾眼裡，將難逃淪為笑柄，不是嗎？

二〇〇四年四月六日

也懷念劉老師

最近，金門日報副刊新闢「老照片、說故事」專欄，引起熱烈迴響，不但稿件如雪片湧至，也有不少鄉親來信、來電，希望連絡說故事的作者，或代尋找照片中鄉親的下落。

的確，老照片最能勾起往日的回憶，特別是早年照相機並不普及，能拍一張黑白照片非常難得。以個人來說，我是在國中二年級郊遊首次見識到照相機，那是一位印尼歸僑同學帶回來的，雖然他有意幫我拍照，可惜沖洗一張照片所費不貲，因而不敢上鏡頭；如今回想起來，未能留下一張理光頭的學生照片，不無遺憾！

日前，接獲旅台鄉親陳津穗先生投寄的照片與文稿，敘述金門學生因「八二三砲戰」流亡台灣，民國四十九年「金中復校第一屆」的故事，導師劉枋帶他們登太武山。因為劉老師亦是我高三的國文老師，畢業二年後，我在「金門衛生院」上班，有一天劉老師不慎跌斷腿骨住院，由於兒女都在美國，隻身在金門的劉老師乏人照料，我常利用時間到病房探望，所謂「有事弟子服其勞」，背他上廁所、或幫忙到街上買書報。

記得在學校時，曾傳聞劉老師出身黃埔軍校，對日抗戰曾官拜中將，在李宗仁麾下任武漢三鎮總司令，國軍退守台、澎、金、馬，李氏變節回大陸，部隊被整編，因此，劉老師退隱前來金門執教鞭；曾有人問起他的過去，老師皆絕口不提，最多只是一句「拿錯槍」，也就是跟錯人的意思。因此，在醫院病房裡，有機會能與劉老師獨處，我曾不諱言的詢及身分傳聞，可惜老師仍避而不答，只是笑著說他會看相，誇讚我有一對粗黑的濃眉，倘能去投考軍校，前途大有可為。

時光匆匆，三十年光陰飛逝，老師的教誨言猶在耳，可惜我曾是陸官四十七期的正取生，因適逢改制為終身職，家中尚有四個弟弟和一個妹妹，雙親反對未能去軍校報到，而今落得一事無成。劉老師腿傷痊癒兒女接去美國，從此斷了音訊，假如還健在，應是年屆百歲的人瑞，日前接獲「金中復校第一屆」的文稿，忍不住勾起往日的回憶，懷想起照片中劉老師慈祥的容顏。

二〇〇四年三月三十一日

蒼天有眼

大學學測成績公布了，朋友就讀金中的兒子名列前茅，足以輕鬆推甄或保送公立大學，甚至，也有機會和他前年畢業的女兒一樣，再獲保送醫學系就讀。

聽到這項好消息，我為朋友感到驕傲與興奮，因為，他茹苦含辛撫養的兒女很爭氣，在學業上出類拔萃，就讀熱門科系，將來在學術領域或工作職場，必能出人頭地，身為老朋友最能相知相惜，豈能不與有榮焉？

話說廿五年前，朋友自台灣北部大學畢業，旋即返鄉謀職，惜因老父只是打漁郎，缺乏豐沛人際背景，既沒有機會走後門，也沒有人特別關照，因而常在職招考場當「陪榜」，好不容易才謀得一份臨時工作糊口，又因自己「不煙、不酒」，更糟的是仍保有讀書人的尊嚴與骨氣，既不善逢迎拍馬，也吝於卑躬曲膝，幾次內部升遷的機會，皆眼巴巴地看著別人輕鬆佔缺。戰地政務終止後，公職人員依法考試任用，雖有相關專長職缺，也只能徒呼負負！

其實，廿五年前金門是戰地，外地人嚴格管制入境，縣籍大學或專科畢業生，都能輕易找到公教職缺，且沒有資格或職系限制，只要長官喜歡，出任什麼官職都可以。然因用人沒有標準，遂也失去公平性，我的朋友在一次升遷考評中，雖是唯一具相關科系的大學生，竟被突然「空降」的職校生拿走，跌破大家的眼鏡，箇中奧妙，自是不言可喻！

當然，我的朋友深知並非品德與學識不如人，是輸得很不甘心，但也無可奈何。薪水依然少得可憐，一家人常常要儉腸捏肚，然沒有頹廢喪志，反而激勵奮發，益加知福惜福，妻賢子孝，家庭和樂美滿！

古有明訓：「人虧天不虧，世道好輪迴；不信抬頭看，蒼天饒過誰？」我的朋友安守本份，盡人事、聽天命，儘管自己受盡委屈，無法嚐到公平的待遇，幸好，「人在做，天在看！」手握大權的人虧待他，蒼天看到了，孩子出類拔萃，正是最好的補償！

二〇〇四年三月二十五日

勝任才愉快

有一位年輕的朋友，農曆年後想跳槽換工作，找到新東家卻開始有點猶豫，希望我幫忙指點「迷津」，到底是留在原職好，或是新工作比較有發展？

說實在話，所謂「千金難買早知道，萬般無奈想不到」，我不是神仙，實在無法未卜先知別人工作的前景。所以，我只能給朋友一個良心的建議：「工作無好壞，勝任才愉快！」

事實上，「人往高處爬，水往低處流」，凡是有進取心的年青人，不斷的充實自己，參加國家考試、或技能證照檢定，透過不同職場歷練累積經驗，再尋找機會貢獻一己之力，擴大服務社會人群，本來就是天經地義的事；也就是說，年青人「騎驢找馬」換新工作，絕對是一件值得鼓勵的好事。

然而，如果跳槽、換工作，不是因想以自己的專長，結合自己的興趣，逐步去實現人生理想與抱負。而是運用關係去請託鑽營，希望「錢多、事少，離家近」，只想抄近路、撿便宜，就算幸運取得了職位，但在一個非本職專長的領域，勢必無法稱心如意，工作不順手，若非常常「凸槌」鬧笑話，即是天天「鬱卒」寡歡，人的心情不愉快，疾病很快跟著纏身。一個人沒有健康和快樂，擁有權位與財富還有什麼意義？

有人說：「天才，是放對位置的人！」因為，天底下沒有蠢才，只要放對位置，才能施展抱負！昔時，耕稼人家都知道「一年移栽，三年在田」的道理，作物不隨便移植，因為，每移植一次，待作物適應新的土壤、氣候等環境，再萌芽添新葉、吐新蕊，大概已幾個春秋沒有收成了。

同樣的道理，任何單位裡的好職缺，差不多都由內部調升，新進人員勢必接替比較差的工作，而且，無論考核、升遷都將吃暗虧，所以，想跳槽換新的工作環境，最重要的是要先充分了解工作性質，考量自己有沒有能力勝任，畢竟，工作沒有好壞之分，唯有能勝任才愉快！

二〇〇四年三月十九日

離島的宿命

三十年前，搭海軍登陸艦在海上顛簸了三十幾個小時，連膽汁都吐光了，身心俱疲到高雄參加「大專聯考」；三十年後，搭飛機陪孩子上台北參加「二〇〇四國際資訊奧林匹亞競賽」，路程僅需四十分鐘，還有空中小姐服侍，金門對外交通不可同日而語！

以前，戰火下的金門民生困苦，耕稼人家大都沒唸過書，不懂受教育的重要。孩子放學回家，若非被逼上山幫忙農事，即是自動背起籮筐去耙草，夜間沒有電燈溫習功課，更別說補習或聘請家教了，戰地學子輸在起跑點上，難怪能考上大學者鳳毛麟角。

而今，大學錄取率達百分之一百一十，金門已設大學聯招考場，也開辦大學，加諸網路資源普及，孩子學習環境逐步改善。我家小犬兒，從小六起開始玩電腦，常自行買回磚頭似的「語言程式設計」專書，獨自摸索研習；去年上高中，奉派赴台參加「全國資訊能力競賽」，在北區初賽名列前十，獲今年「希臘雅典國際競賽」研習營選拔初賽資格。

日前，陪孩子匆匆飛抵台北，一進競賽會場，才發覺參賽者幾乎來自全台高中名校的菁英，且陪考的家長或老師，不乏來自新竹科學園區、中科院、資訊教師等電腦專家，尤其，主辦的師大電算中心主任何榮桂教授，在點名時表示：「這些考生都是國家未來的寶！」除親自率十幾名資訊所研究生，把數十名考生當寶貝般的侍候，考堂外長廊備有大量點心、水果、飲料，讓考生免費享用；考完最後一節，還贈送每人一份豐盛的餐點，考生所獲禮遇，讓人大開眼界。

三年多來，孩子沈迷電腦程式研習，常為測試完成一個動作，幾乎到「廢寢忘食」的境地，氣得我幾次要把他的電腦給砸了。如今，看到別人的孩子，有家長的關懷支持，也有老師的指導與學長的經驗傳承，反觀自己是資訊「文盲」，既不懂孩子在液晶板輸入的符號是什麼「碗糕」，不但未能給予必要的鼓勵與協助，還曾多次責罵和阻止，我感到很愧疚、也很疑惑，難道這就是離島孩子的「宿命」嗎？

二〇〇四年三月十三日

廢彈今昔

日前，古寧頭北山村發現一枚未爆彈，約莫如高粱酒瓶般大小，外表鏽蝕不堪；軍方據報派員前往處理，經勘查研判是早年從對岸打過來的「照明彈」，並沒有立即爆炸的危險，但仍拉起封鎖警戒線，小心翼翼地按作業程序進行移除。

正當軍方人員先以爪勾拉動未爆彈測試，再準備以防爆毯包裹帶回處理之際，突然有一位旁觀的老阿伯，跨越警戒線一把抓起未爆彈，不但抱在胸前把玩，甚至，還嘲謔阿兵哥如此膽小，如何能與敵人打仗，讓軍方人員嚇出一身冷汗。

或許，一顆飛越金廈海峽超過五十年，且鏽蝕不堪的未爆彈，其再爆率應屬微乎其微，但受過專業訓練的軍方人員，仍然按照規定處理，畢竟，「不怕一萬，只怕萬一」，可是，看在飽嚐五十年戰火蹂躪的鄉親眼裡，直覺是少見多怪，根本不把它當一回事，才敢於徒手抓起把玩。

其實，當下物阜民豐，生活講究休閒與品味，不再有人會為錢去拚命，發現廢棄砲彈，大家避之唯恐不及，絕對沒有人敢撿拾賣給鋼刀廠；可是，時光若倒退五十年，回到兩岸兵戎相向時期，當時砲彈滿天飛，島上居民生活困苦、生命沒有保障，很多人爭著撿拾彈片賣錢，或兌換麥牙糖解饞，雖常傳聞有人被炸死、炸傷，然民眾仍無所懼怕。諸如「有緣無緣，大家來作夥，燒酒飲一杯，乎乾啦乎——乎乾啦——」的主唱人之一的「金門王」，就是童年撿拾廢棄，不幸被炸斷手掌，才會「流浪到淡水」！

記得國小畢業前夕，對岸「單打雙不打」的宣傳彈突然更新，臨空落地前多出一道爆炸聲響，有一天朝會，學校訓導主任轉述「金防部」通令，凡撿到該型未爆彈者，發給獎金一千元，果然，「重賞之下必有勇夫」，幾天之後的大清早，班上的同學真的抱來一顆如熱水瓶般的未爆彈，同學們爭相撫摸，不少人還流露欣羨的眼神，因為，一千元獎金相當於老師一個月的薪水！

時光匆匆，金門遠離戰火蹂躪，生活逐漸獲改善，居民生命比較有尊嚴，時空背景不同，心態迥異，發現一顆鏽蝕不堪的未爆彈，竟還上電視成為國內大新聞，怎不令人慨嘆今非昔比？

二〇〇四年三月七日

扭曲的公界線

從前，金門的田野放眼阡陌縱橫，農地一畦畦緊緊相連，耕稼人家種黍植麥，互不相干；田與田之間，只有在臨界兩端之田埂上，各埋一片石頭當「界椿」，彼此耕田犁地，沒有人敢輕易踰越那一條田間的「公界線」。

值得再說明的是，農民大都目不識丁，終日只會牽牛耕地、荷鋤除草、或挑糞施肥，所耕作的田地，大都是祖先代代衣缽傳承，耕地的面積普遍以能種植「蕃薯栽」數量為依據。而土地的所有權歸屬，並未經公權力複丈鑑界，係依「頂田管下岸」不成文的規定，彼此沒有爭議；而左右相鄰的田地，則在臨界線的兩端埋設石塊當「界椿」，大家信守不渝；換言之，從前的田地，沒有複丈面積和鑑界，若要偷移「界椿」，輕而易舉，但是，沒有人敢那樣做，因為，那一小塊石頭，代表著公理與正義，神聖而不可侵犯的，「公界線」深埋在人們的心中！

當然，以前農業社會教育不普及，民智混沌未開，人們深信「舉頭三尺有神明」，而且，神目如電，任何人的一言一行，要赤裸裸地面對森羅殿的文武判官，遮掩不住絲毫罪惡與私慾，因此，人們不但不敢褻瀆神明、冒犯天理，甚至「不欺暗室」，深恐遭天譴或因果報應。人與人之間，存在著一條看不見的道德「公界線」，維繫人倫關係，也維繫著社會秩序安寧！

而今，環顧當下社會，教育普及、人類高度物質文明之後，人與人之間訂有法律條文作行為規範，可是，「牆高千丈，擋的是不來之人」，能嚴守法律「公界線」者幾希？君不見，打開報紙或電視新聞，觸目盡是偷搶詐騙、巧取豪奪，人心日漸「利益放中間，道義放兩旁」；更不可思議的是，位居廟堂之人，為了爭奪大位，手段也是無所不用其極，常常前言不對後語，撒謊硬拗還臉不紅、氣不喘，社會價值觀的「公界線」被扭曲，是非不明，善惡難分，將來為人父母者，真不知如何教育下一代，能不令人嗟嘆？

二〇〇四年三月一日

學習寶典

民國六十五年初進報社，奉派赴台實習，拜「中央日報」潘姓師傅學照相，雖無緣進入「中副」編輯室，但常聽師傅談及由孫如陵主編的副刊，因稿酬優渥，投寄一篇三千字的文稿獲錄用，勝過於基層公務員一個月的薪水，因而稿件從海內外如雪片紛飛湧至，每天得動用五位助理編輯初審，每人先篩選擇優五篇，共二十五篇呈孫主編作最後定奪發稿。換言之，經層層篩選，能上主編桌的文稿，那是百中取一，絕對是精挑細選出來的好作品，難怪很多讀者是為看「中副」而訂報，因而締造「中央日報」二十年的黃金歲月。

的確，中副在六十年代名揚華人世界，歸功於主編孫如陵「鐵面無私、六親不認」的審稿原則，他為維護副刊的水準和訂戶的權益，堅持園地公開，認稿不認人，不容有「人情稿」的存在。諸如今天著作等身、享譽國內文壇的名作家姜穆先生，和主編孫如陵係一起自大陸隨軍來台的貴州同鄉，且是住在同一社區的鄰居，但當年初出道開始寫作的時候，孫主編並未基於「美不美，故鄉水；親不親，故鄉人！」而給予任何特別關愛，前後對他退稿不下三百篇，常常是姜穆清晨寄稿，下午送進報社，傍晚孫主編下班時，即順路將文稿退回姜宅信箱。

當然，孫主編審稿「鐵面無私」，但在文壇仍以「人情味見長」著稱。因為，他常比喻「副刊」好比是一片森林，林中既有千年參天古木，也應有小樹苗。因此，諸多成「遺珠之憾」的退稿，作者都會收到孫主編親筆寫的鼓勵信函，所以，許多人遭退稿，不但沒有氣餒，反而再接再厲，更勤快寫作，日久天長成為大作家，姜穆就是一個最好的實例。

所謂「以銅為鏡，可以正衣冠；以史為鏡，可以知興替；以人為鏡，可以明得失！」孫主編經營中副二十年的風範與成功的經驗，確實值得我們當作學習的寶典；除此之外，有志寫作的朋友，更不可因遭到一時的退稿而喪失信心，姜穆百折不撓的精神，亦該是大家學習的好榜樣！

二〇〇四年二月二十四日

猴年！猴戲？

開春以來，電子媒體為拉抬收視率，爭相安排一個自稱是「上流美」的女人上節目，不但深入其臥房逐一拍攝名貴華服，而且，任其在鏡頭前擠眉逗眼、搔頭弄姿吹噓擁有房產與財富，並公開展示與姘頭同居羽翼撩人的紅色睡衣，讓一些與大眾毫不相干的畫面，赤裸裸地呈現在觀眾面前，低俗得令人作嘔！

然而，一個幾乎是「秀逗」的女人，竟成媒體轉播車追逐的寵兒，甚至，有電視台重金禮聘，把她推上「晚間新聞」當主播，讓觀眾看她不停地讀稿「吃螺絲」和喝飲料；因而引起「閱聽人監督媒體聯盟」的不滿，決議號召廣告主共同抵制，並限期改善！

也許，「上流美」和丑角「如花」在綜藝節目耍寶搞笑，在總統大選前夕，藍、綠兩軍戰況慘烈的當兒，製造一點笑料，排遣緊張氣氛倒也無妨，畢竟，「扮戲肖、看戲憨！」觀眾自由收視願打願挨，能怨得了誰？但是，讓一個說話顛三倒四、前言不對後語的人坐上主播台，不僅賤踏線上從業人員的尊嚴，簡直是侮辱觀眾的智慧！

事實上，電視台為收視率促銷廣告，搞噱頭、玩把戲不足以大驚小怪。但是，把一個毫無新聞工作經驗的人推上主播台，看她在觀眾面前醜態百出，藉以譁眾取寵，拉抬收視率賣廣告，實在是一件很殘忍、很不道德的事情。當然，一個沒有新聞採訪，和編輯實務經驗的圈外人，無視人群倫理，也不尊重專業的存在，竟敢「虋虋野」坐上主播台挑大樑，實是箇中異數！

所謂「狗咬人不是新聞，人咬狗才是新聞！」電視台為生存搶商機，作法沒有錯；同樣的，自認「上流美」的人，能獲重金禮聘上電視，一舉成名天下知，何錯之有？因此，衡情論理，這是一個市場供需的問題，有人想看別人出醜，才有人會去製作「八卦」節目，所以，他們都沒有違法，也沒有錯，錯在今年是「猴年」，觀眾愛看耍「猴戲」，如此而已，不是嗎？

二〇〇四年二月十八日

作文很重要

今年大學學測考完了，其中國文科非選擇題佔五十二分，比選擇題還多二分，考生寫作能力之良窳，成為影響考試成績重要的因素。

值得注意的是，國文科非選擇題出了三道題：

其一是：「看圖作文」，出現一幅一個人與一隻青蛙的古畫，提示考生仔細玩味人與蛙的姿態、神情，各以五十字描述，並各以一、二句話描寫他們內心所想。

其二是：近年中高齡失業嚴重，鄰居陳先生因產業外移失業，亟需一份工作養家，由於文筆不佳，寄出很多求職信皆石沈大海，要考生代筆寫封信打動僱主的心。

其三是：讀一大篇新聞剪報，為一生奉獻台灣行醫救人無數的傳教士，流落澎湖晚景淒涼，要考生以第一人稱，寫其命中最後一夜所思所感、與向上帝的所祈所願。

綜觀上述考題，出得非常活潑、新穎，徹底打破過去傳統「八股」的論述思考模式，很能測驗出考生實際生活中的寫作能力。然而，這樣的考題不但讓很多毫無社會經驗的考生不知所措，無從下筆，甚且，考題公布之後，許多靠「文字」吃飯的媒體記者，面對「人與蛙對話」古畫，也摸不著其中的涵意，趕緊從電腦輸入青蛙、癩蛤蟆、田雞、四腳魚、蟾蜍的字彙，但都搜尋不到相關資料，只有輸入金蟬脫殼的「金蟾」，才在大陸的網站找到出自「劉海戲金蟾」的古畫，但詳細年代無從稽考。

說真的，近年來，教改一改再改，意識形態作祟，倡議廢考作文聲浪迭起，青年學生只會用鉛筆填寫答案卡，聽、說、讀、寫的能力一落千丈，許多大學畢業生，連推銷自己的求職自傳也寫不出來，或是錯字連篇、不知所云；此外，即便上了研究所，由於作文能力太差，繳不出論文無法畢業，吃了大虧始後悔莫及！

這次大學學測國文和英文各出了作文題，共計八十二分，其中國文三道題分屬描情寫景、人際意見陳訴和感懷抒發，正明白告訴考生，求學的目的在於學以致用，作文能力仍很重要！

二〇〇四年二月十二日

觀前顧後

有一天，我經第一軍郵局往黃海路，車過湖小側門後，前面一部轎車冷不防突然在路中央停住，我被迫跟著緊急踩住煞車；隨後，停在前面的那部轎車，除了駕駛之外，另外三個車門同時打開，從前座出來一位中年婦人，後側兩門共鑽出三個小孩，很顯然是母子，四人下車後，各自迅速關上車門。

看完這一幕，我仍緊緊踩住煞車，就等停在前面的車子起步，以便跟著繼續前行；豈料，停在前面的車子，後面的倒車燈突然亮起，旋即後退向右轉，準備進入路旁停車格。天呀！剛剛我還保持一個車身的安全距離，但前車突然這一記回馬槍，實在令我措手不及，眼看即將被撞上，說時遲、那時快，我趕緊猛按喇叭示警，並掛上後退檔，回頭察看並無人車，於是放鬆煞車，讓車子迅速後退，才躲過被撞的窘況。

原來，新市白天車多，尤其是郵局附近，想停車一位難求，前面那位仁兄應該是急著找車位，發現路旁有一空格，一時「見獵心喜」，怕被別人捷足先登，才會突然在路中央停車下客，且觀前而不顧後，頭也不回做出「倒車入庫」的動作。

說實在話，自考取駕照開車上路十幾年了，遇到類似危險的情形，還是第一次，因為，依我看來，前車那位駕駛仁兄，如果不是菜鳥「新手上路」，便是開「身分證」的駕駛，否則，要停車之前，應先打方向燈示警，才能靠右邊停車，豈能突然在交通要道中央停車，還讓所載的孩童，同時自兩側突然打開車門下車，萬一尾隨的後車煞車不及，或車旁正有機車欲超越，後果真的不堪設想；何況，車子要後退，沒有回頭察看，是多麼的危險！

畢竟，開車上路，應時時遵守交通規則，無論前進或後退，不可目中沒有別人的存在。所謂「馬路如虎口」，許許多多的交通事故，常常是因貪圖一時的方便、或粗心大意，才釀成車毀人亡的悲劇。因此，觀前顧後，小心駕駛，才能減少事故的發生！

二〇〇四年二月六日

珍惜生命

怪事年年有，今年特別多；國外如此，國內也不遑多讓！

美東時間九月十一日早晨，恐怖分子劫持七六七客機，衝撞紐約世貿中心摩天大樓；相隔十八分鐘之後，也為恐怖分子劫持的另一架七六七客機，亦衝撞另一幢緊鄰的世貿摩天大樓，約半小時之後，紐約地標世貿雙塔相繼倒塌，傾刻間，數千人葬身瓦礫灰燼之中，那種原本要在電影中才能看到的場景，卻透過電視現場實況活生生傳播世界各地，令人怵目心驚！

無獨有偶，怪颱「納莉」在琉球海域滯留打轉十幾天，威力不增不減，仿如在那裡跳「漫波」，既不前進，也不遠颺，竟突然轉向南下侵台，風雨從基隆縱貫南下，所掃過之處，降雨量都打破二百年以上紀錄，放眼到處成水鄉澤國，很多地方洪水淹過三樓，對生命財產造成難以估計的傷害，那一幕幕洪濤滾滾、滿目瘡痍，災民欲哭無淚的場景，令人怵目心驚！

的確，任誰都不曾想過，象徵世界經濟金融中心的紐約世貿大樓，兩座超過一百層樓的建築「雙峰巨塔」，一夕之間傾圮化作一堆灰燼，來自世界各國的富商巨賈，好端端坐在辦公室裡運籌帷幄，「人在屋中坐，禍從天上來」，竟在恐怖分子施暴下死於非命，莫名其妙齊赴黃泉。

同樣的，怪颱「納莉」侵台，且原地打轉肆虐，大雨直直落，多少善良百姓，同樣是「人在家中坐，禍從地上來」，大水來時逃避不及被吞噬，淪為波中亡魂，令人浩嘆！

所謂「天有不測風雲，人有旦夕禍福」，從近日國外和國內發生的天災與人禍，可以充分詮釋生命是如此的脆弱，存在與否，繫於一瞬之間，因此，當我們從電視螢幕看到那一幕幕災難的畫面，除了一掬同情淚，更應珍惜所有生命，以及自我活著的每分每一秒！

二〇〇一年九月二十一日

養兒方知父母恩

孩子上高中，每天先踩一段腳踏車路，再搭早班公車到城裡，天氣好時，孩子在鬧鐘叫醒後自行出門，碰到風雨來襲，當老爸的不得不起身開車載他去車站；當然，這對一般人來說，實在不足以大驚小怪，可是，對長期日夜顛倒的「夜貓子」來說，確實是一件苦差事！的確，自從投身「夜貓族」，每天在雞鳴聲中入睡，鮮少見過早昇的太陽，每次睡得正熟，孩子在床邊輕喚屋外下大雨，要起身真是百般不願，可是，天下父母心，為怕孩子淋濕，那是無所逃避的職責。

其實，每當起身面對孩子，總不由自主地想起童年往事，傾刻間，任何疲備與不願消失無蹤，因為，在那烽火漫天的年代，我的父母，他們沒有固定的收入，僅靠幾小塊蕃薯地和蚵田，不只養活七個孩子，還讓他們至少完成高中以上的教育，其中還包括自費醫學系畢業；特別需要說明的是，我的爸爸媽媽沒有唸過書，終日犁田、挑糞、養豬餵雞和剝蚵，用血和汗水去換取卑微的作物收成，連母雞生一個蛋都捨不得吃，拿去換麵線或賣錢，涓滴匯聚供給一群嗷嗷待哺的兒女，他們不知什麼叫「生育補助費」、也不曾領過「子女教育補助費」，在那麼艱困的環境下，完全靠自已的雙手將一群孩子養育成人。

如今，我只有二個孩子，老大今年上高中，學費要錢、服裝要錢、課外活動器材要錢及零用錢，樣樣要錢，而我可算是資深公務員，有固定的收入，卻也頗感吃不消，不知當年家貧如洗，父母如何拗過七個孩子的需索？今天國民所得大幅提高，人人買得起鬧鐘，孩子的早餐，是拿錢到超商自行解決，而當年母親午夜過後不敢闔眼，依雞啼三遍起來煮地瓜粥，七個孩子上學的日子，總共有多少個寒暑，如何渡過每一個漫漫長夜？

所謂「當家才知柴米貴，養兒方知父母恩」，孩子上高中，每一次早起送他去搭車，都讓我再次體認父母養育之恩！

二〇〇一年九月十三日

捨得之間

最近這一陣子，國內有二位耄耋老人，成為新聞媒體爭相報導的熱門人物，他們的作為都成為社會大眾茶餘飯後的話題！

其中，有一位年逾八十好幾，在國內政壇曾權傾一時，叱吒風雲十幾年，如今雖已退位，每年享受國家給予幾百萬元的退休俸，還能呼風喚雨，左右政局，值得一提的是，他自認二十七歲以前是日本人，因此，正當全球華人和韓國人風起雲湧，群起抗議「日本軍國主義」死灰復燃之際，他卻獨自支持日相小泉參拜「靖國神社」，特別是他最大的心願是，希望有生之年完成政權和平轉移，然後去當傳教士。

而今，確實在他的手裡，將藍色版塊震碎成三塊，終於如願將政權轉移出去，只是，他沒能實踐諾言去傳播福音，又暗中招兵買馬另立山頭，準備分食年底選舉大餅，為紛擾的政局再埋下不定時炸彈，引來多方交相指責，原先的「黨內同志」大罵叛徒，高喊開除的聲浪四起；與他理念相近的政黨怕被瓜分票源，也避之唯恐不及，劃清界線的聲音不絕於耳。總歸一句話，原本應受人敬重景仰的長者，一念之差，形同過街老鼠，幾乎快到人人喊打的境地！

其次，另一位同樣年逾八十好幾的退伍老兵楊繼鴻，半身戎馬，一生青春歲月執干戈以衛社稷，解甲之後居陋巷，一簞食，一瓢飲，自己省吃節用，連冷氣都捨不得裝，卻不改樂於助人的本性，「九二一大地震」獨捐二十萬元賑災，這次「桃芝風災」浩劫，又獨捐畢生積蓄一百萬元，消息經媒體報導之後，善行義舉令人肅然起敬，不但贏得社會大眾感佩，連總統都親自登門拜訪致意，雖只是一個居陋巷的退伍老兵，卻是人人景仰的長者，義行可風，將千古流芳！

誠然，「平民肯種德施惠，便是無位公相，士大夫無恥貪權，竟成有爵乞人」，二位耄耋老人的表現，正是最佳寫照！

二〇〇一年八月十二日

一面鏡子

國內歷史最悠久的「自立晚報」，在長期勞資糾紛下，雖經員工齊心多次自力出刊，最後仍因「紙盡電絕」，終於在出版最後一天紀念專刊後，黯然宣佈停刊，無奈地和讀者揮手說再見！

透過電視畫面，我們看到無助的員工頭綁抗議布條，人人手持白蠟燭在漆黑的報社大廳哭泣守夜，伴隨維持半世紀的「自晚」走進歷史！

的確，這家年逾半百的老店，走過艱辛的戒嚴「報禁」時期，曾為台灣的民主風潮推波助瀾，為黨外街頭運動鼓吹吶喊，昔日塑造的悲情英雄，如今人人平步青雲，成為當朝權貴。只可惜，幕後英雄仍「魚困涸澈，難待西江水」，等不到執政的綠色回饋，經營者又相互御責避不出面，員工已三個月領不到薪水，紙張用盡，沒錢繳電費被斷電，在彈盡援絕的情況下，慘遭無情的時代洪流所滅頂，令人不勝唏噓！

當然，企業經營成敗經緯萬端，沒有一定的脈絡可尋，也沒有固定的鐵律準則，唯一千古不變的是「優生劣敗，適者生存！」君不見，面對這波全球經濟不景氣，多少企業在殘酷的競爭下，躲不過裁員、合併或倒閉的命運，特別是電子媒體和網際網路興起，嚴重壓縮傳統報業的生存空間，甚至連「台灣經營之神」王永慶也不堪長期巨額虧損，撤手不管「台灣日報」。同樣的，號稱台灣第一的「中時」，也不得不瘦身裁減中、南部員工，求取企業永續經營，實在是大環境現實殘酷，縱然到處陳情抗議，責怪老闆無情，也挽救不關門熄燈的命運！

所謂「他山之石，可以攻錯」，同樣是報業經營，同樣是面對險惡的競爭，為了報社千秋萬世續經營，所有員工都能有口飯吃，看看別人，想想自已，但願「自晚」的故事，能作為一面鏡子，人人惕勵互勉，團結一致，同心協力為永續經營而努力！

二〇〇一年十月六日

吃粽子哀屈原

時序更迭，一年容易又端午，這個充滿傳奇色彩節日的到來，各地炎黃子孫都有插艾草、悼屈原的活動，汨羅江的故事再次為人們所傳頌。

其實，根據民曆演算，農曆五月初五日，正是盛夏伊始，所謂「無吃五月節粽，破襖不甘放」，換言之，過了端午節，寒流不再來，病菌毒蟲開始孳長繁衍，因此，百姓人家趕緊備艾草和雄黃避邪驅瘴，抗拒病魔驅逐瘟神保平安！

根據相傳，早在二千多年前的戰國時代，有位愛國忠臣名叫屈原，很受楚王賞識，令其它大臣生忌，於是設計陷害，分別在楚王面前讒言詆毀；楚王不察，就把他逐出國門，結果，屈原憂讒畏譏，竟怨懟沉江，那天正是五月初五，楚國人民聽到敬愛的忠臣投汨羅江，紛紛划船去迎救，可惜無功而返，大家悲傷之餘，用竹筒盛米飯投入江中餵魚，希望江魚不要吃屈原的屍體，相沿成習，每年五月初五日，大家不約而同到江邊划船和投粽子，這就是端午划龍舟和吃粽子的由來。

時至今日，醫藥發達，人們重視衛生保健，驅虫避邪的習俗漸為人們所淡忘，只有包粽子和划龍舟的活動依舊盛行，可見人們景仰忠義之心，歷久而彌新！

然而，華夏子民年年包粽子，年年賽龍舟紀念愛國忠臣，可是，屈原竭智盡忠的精神何在？放眼今日社會，依舊和戰國時代一樣，蟬翼為重，千鈞為輕；黃鐘毀地，瓦釜雷鳴；讒人高張，賢士無名！君不見，近些年來，國內政風敗壞、貪腐橫行，正是為政者被一群讒人包圍，只搞獨立、和入聯合國，不拚經濟，以致產業外移，民不聊生，偷搶詐騙與失業自殺案件層出不窮，大家有目共睹！

時代不同，環境跟著迥異，今天，若有人懷才不遇，抱著石頭去投江，恐怕只會被罵大傻瓜而已，因此，際此端午佳節，當我們吃粽子，觀賞賽龍舟的當兒，還是不要忘了奸臣讒言，害人誤國的真諦才好！

二〇〇一年六月二十五日

養子不教父之過

小時候，我們兄弟之中，只要有人調皮搗蛋或行為偏失，父母一定疾言厲色適時制止糾正，要求「勿以善小而不為；勿以惡小而為之！」並常講述一個頑皮小孩的故事，以昭炯戒！

話說從前，有一個頑皮的小孩，常常爬到樹上向往來的路人撒尿，父母寵愛有加，認為小孩不懂事，從未制止責罵；有一天，一個出家和尚路過，來到樹蔭下乘涼，調皮的小孩躲在樹上，瞄準和尚的大光頭將尿撒下去，和尚被撒得一身濕，不但不生氣，反而滿臉喜悅大大誇讚小孩：「囝仔！你真勢，放尿在我的和尚頭！」

在樹上撒完尿的小孩，聽到和尚連番誇讚，高興得從樹上下來，和尚摸摸小孩的頭：「很可惜，出家人靠托缽化緣，沒有什麼禮物送給你，將來如果有坐轎的大人從這裡經過，你在他頭上撒尿，一定會大大獎賞你一番！」

頑皮的小孩信以為真，天天爬在樹上等坐轎大人；果然，有一天，一大隊官府人馬遠遠而來，從轎子裡走出一位著官服的大人，在樹下摘下官帽搧風納涼，小孩逮住千載難逢的機會，連忙把尿撒下去，畢竟，在那個人治的年代，敢在官人頭上撒尿，管你成不成年，不必官人下令，身邊的手下護衛，必定當場拖出去刀起人頭落地，一命嗚呼！

當然，這個故事的真實性如何，父母親是那裡聽來的，可能無從考據；但也不必追根究底，因為，「寵貓上灶，寵子不肖！」這是千古不易、放諸四海皆準的道理，即使是一則自行編造的寓言故事，情節也頗易令人信服！

日前，目睹一個年輕人用「三字經」在大街上辱罵人，在一旁的父母竟視若無睹，不但未適時糾正，似乎還露出得意的笑容，令我想起兒時雙親常講述頑皮小孩，向路人撒尿的故事，所謂「養子不教父之過！」當街罵人的年輕人，下次故技重施的時候，後果是否還那麼幸運，恐怕就不得而知了！

二〇〇〇年七月二十五日

股票不可「玩」

有一所中學開校務會議，校長語重心長「道德勸說」，希望員工不要「玩」股票，消息見諸報端，讀來令人心有同感！

或許，校長的勸說不但是真心話，更是關心話，因為，十個玩股票者，平均只有二個人賺錢，其餘的不是住進「套房」，就是斷頭慘輸，更不乏傾家蕩產跳樓，或夫妻反目，家庭破碎，不可不慎！

然而，很多人明明知道買股票賺錢不容易，為何「明知山有虎，偏向虎山行」？根據證期會公布資料顯示，目前國內有近千萬開戶投資人，扣除重複開戶及無經濟能力者，買賣股票可以說是全民運動，手中沒股票的人，反而成了社會上少數的「異類」。

不可否認，「你不理財，財不理你」，投資理財是現代人生活中不可或缺的課題，唯獨觀念因人而異，方法由人不同。因為，有人錢存銀行，賺了利息卻貶了本金；有人購屋置產收租，急需用錢卻不易變現，而股票之所以迷人，在於買對成長產業，跟對經營者，長期持有配股配息，獲利可能是數倍，甚至百倍千倍，只可惜，絕大多數股票族，買賣股票不是做「投資」，而是短線「投機」操作，於是，追高殺低，形同賭博，贏得起九次，卻輸不起一次。

尤其，很多投資人從不看公司基本面，只聽消息殺進、殺出，殊不知投信法人，個個是財經高手，加諸很多大股東掌握第一手訊息，專門坑殺散戶，特別是主力作手，呼風喚雨，專作「養、套、殺」，可憐的小散戶，想從股海贏錢，無異以卵擊石。

甚至，有人迷信第四台「老師」大吹大擂，漲停股都是他事先叫進的，而跌停股都是他放空的，花了大把銀子去參加會員被帶進、帶出，誰知那是騙死人不償命的把戲，因為，如果真有那麼神準，自已買賣就大賺，何必買時段、作節目大呼小叫，賺那麼一點會員費？

股票真的不可「玩」，但是，如果有閒錢，找有前景的產業、真正在經營產業的老闆，等個低點進場佈局，長期持有配股配息，卻是很不錯的理財方法！

一九九九年十月三十日

人間萬事塞翁馬

從前，塞外有一個喜歡養馬的老翁，有一天，一匹心愛的馬越過邊界，跑進胡人的國度裡，鄰人皆以為他很難過，紛紛前往安慰，老翁卻笑稱：「少養一匹馬，也許是一種福份！」

果然，幾個月之後，走失的馬突然回來了，而且，還伴隨一匹胡國的名駒，鄰人向他道賀，老翁卻面帶憂愁：「多養一匹馬，也許是禍害！」

豈料，幾天之後，老翁的獨子試騎胡國名駒，不慎摔斷腿，鄰人又安慰他，老翁卻笑道：「福氣啦！」不久，胡國大舉入侵，年輕力壯的男丁統統被徵召入伍參戰，死傷慘重，老翁斷腿不良於行的獨子逃過一劫，倖免於難，真的是「福氣啦！」！

這則故事不管是真是假，似乎並不重要，重要的是，「塞翁失馬，焉知非福」道盡人生的禍福無常，苦與樂，繫於一念之間！

君不見，台灣「凍」省之時，首任民選省長「宋仔」很「不爽」，慷慨激昂淚流滿面「砲打中央」，任期屆滿後黯然離開中興新村，那樣的心情，應該彷如走失愛馬的老翁；然而，「九二一大地震」之後，「宋仔」以一介平民身分走訪災區，當他重回中興新村，面對被震得東倒西歪的省府辦公大樓，特別是省長官邸宿舍嚴重倒塌，透過電視畫面，我們看到「宋仔」仍然一臉嚴肅很「不爽」，畢竟，同胞生命財產遭到那麼嚴重的損害，但是，可以猜想得到，「宋仔」的內心深處，一定是在「暗爽」，一定暗自慶幸，當初若不是「凍」省，任期屆滿勢必再披掛上陣繼續參選，連任應無問題，那麼，地震當晚，一家人豈不葬身省長官邸瓦礫堆中，添作震災冤魂？

所謂「世事如棋局局新」，人間事沒有一定的規律，一時的得，不要太高興，一時的失，也不要太哀怨，台灣「凍」省前後「宋仔」的情境，又給「人間萬事塞翁馬」作另一番詮釋，不是嗎？

一九九九年十月十四日

聽其言　觀其行

根據報載：高雄有一個神棍妖言惑眾，涉嫌亂倫與母女四人生下七名子女，真是荒唐透頂，讀來令人啼笑皆非！

其實，類似不幸的情事，在我們這個社會不曾間斷地上演，幸好，躲在陰暗處的社會邊緣人，所造成的傷害畢竟有限，倒是有一些所謂「社會名流」，才真正是披著羊皮的狼，對社會造成的傷害才可怕！

二十幾年前，我讀過一篇叫「辦嫁妝」的小說，故事情節至今記憶猶深，那是描寫台灣中、南部農村生女兒，是賠錢貨的悲哀。因為，在「輸人不輸陣，輸陣歹看面」的情況下，嫁女兒若沒有一車嫁妝，不僅娘家臉上無光，嫁到婆家也要被歧視，因此，許多鄉村姑娘爭相到台北賺錢，所謂「戲法人人變，巧妙各有不同」，這些沒唸多少書的村姑，大都到工廠當女工，日積月累，省吃節用積蓄存錢，卻也有人抄短線出賣靈肉一夕致富，就有那麼一個蔗園姑娘，和隔壁村的青年訂婚後，在已經風風光光「辦嫁妝」回來的姊妹淘慫恿下，匆匆搭火車北上，第一晚，在一個「媽媽桑」的安排下，一個禿頭矮胖、滿口金牙的富商買走了她的童貞，那情那景叫她永生難忘，不久之後，她賺夠了一車嫁妝，含著眼淚返鄉披婚紗。

婚禮當天，嘉賓滿座，賀客盈門，酒宴席開百桌，司儀透過揚聲器介紹村裡在台北事業有成，樂善好施的「大善人」，特別從台北趕回來為新人福證，獲得全場如雷掌聲，可是，新娘透過婚紗，一眼就認出那個禿頭矮胖、滿口金牙受全村歡迎的「大善人」，正是在台北買走她「童貞」的富商。

最近，金門流行「找外婆」，據說教跳舞、教游泳，有人教到床鋪上，甚至連吃素拜佛者也不例外，穿得人模人樣，憑三尺不爛之舌傳道，卻搞「嘴唸佛經，手摸乳」的勾當，讓人在後面指指點點，可憐全村的人都知道，就只有他太太仍被蒙在鼓裡。

慎防披著羊皮的狼，看一個人，除了聽其言，更應觀其行才好！

一九九九年八月二十五日

作家的哀歌

小時候，我很喜歡看小說，特別是古典章回小說，更是愛不釋手，甚至常常躲在棉被裡偷偷地看，那時幼小的心靈，對作家能認識那麼多文字，且頭腦那麼好，能編出那麼精彩的故事情節，除了崇拜得五體投地，私下還曾暗自立下宏願，希望有朝一日，也能和他們一樣寫文章出書，那是多麼了不起的事呀！

如今，年逾不惑，華髮飛白，回首前塵往事，頓覺或許是天資魯鈍，也可能是欠努力，肚子裡實在沒有墨水寫文章，「作家夢」早已破滅，而時在憾中！

不久前，從報紙上讀到一篇圖文並茂「老作家哀歌」的報導，好幾個五十年代在文壇叱吒風雲，赫赫有名的老作家，如今生活潦倒，拄著拐杖在街頭賣愛心獎券，斗大的標題指那些落魄的老作家，比諸前些時走入歷史的公娼，更乏人關懷，讀來何止令人感慨與心酸！

的確，電子媒體興起之後，網際網路蓬勃發展，傳統文學出版事業日漸式微沒落，書店一家家關門倒閉，取而代之的是三步一家，五步一店的電動玩具和網路咖啡店，新世代的年輕人沈迷於高科技電子聲光影音之中，用搖控器或鍵盤追求感官享受，再也沒人要手捧書冊，再也沒人會躲在棉被裡偷偷看小說。於是，文學作品沒人要，報紙副刊改變形態，原本靠「爬格子」過生活的文藝作家，他們辛辛苦苦的心血結晶，乏人問津。而每日面對「柴米油鹽醬醋茶」樣樣要錢，在現實的社會裡手頭沒有錢，日子實在過不下去，加諸老來貧病交加，無力幹活賺錢糊口，能申請殘障戶在街頭賣彩券還算不錯了，可是，又有誰知道他們曾飽讀群書，能舞文弄墨，曾在文壇叱吒風雲呢！

人生的際遇，所謂「十年河東，十年河西」，讀老作家的哀歌，遙想那些落魄街頭賣彩券維生的老作家，比諸老娼還不如，內心除感慨與不忍，真慶幸當初天資魯鈍「作家」夢碎，否則，煮字不能療飢，也可能要流落街頭，情何以堪？

一九九九年十月三十日

無妄之災

金門結束軍管開放觀光之後，對外大門洞開，有一個慈善機構的女主管，愛心遠播獨自來金服務，假日遂成「空中飛人」，每次出入機場查驗證照，員警常報以異樣的眼光，甚至，還被不屑地責問來金門幹什麼，有時在候機室，還常有穿著妖裡妖氣的女人搭訕，講些聽不懂的「行話」，讓她覺得事態嚴重，往後出入境，連口紅也不敢擦，深怕被誤認是風塵撈女！

所謂「城樓失火，池魚遭殃」，其實，不只那位愛心遠播的女主管飽受無妄之災，這陣子，個人也不勝其擾，因為，家裡那個「老太婆」——太上老婆，不僅接管家裡財政大權，甚至還身兼「國安局長」，舉凡金錢出入、電話往來，都要如臨大敵嚴加監管，似乎快到草木皆兵的境地！

說句實在話，絕非個人行為出現異常，套句流行話，那叫「一路走來，始終如一！」可是，我不出問題，別人卻出狀況，小小的社區裡，原本大家安居樂業，金門大門洞開之後，有人和酒店小姐另築香巢，薪水也不拿回家，放任妻小喝西北風；也有人拿太太的身分證買手機，提供「外婆」享用，卻由髮妻按月付帳；此外，也有人被「酒店阿姨」不幸的際遇感動得熱淚盈框，化小愛為博愛，跑回家拿定存單去解約當「火山孝子」；更令人不可思議的是，也有人平日茹素信佛，打著修行弘法的旗幟，卻是「嘴唸佛經、手摸乳」，外面的人都知道了，繪聲繪影，就只有他太太「莫宰羊」，怪不得村子裡一些家庭「煮」婦，忙完柴米油鹽醬醋茶之後，私下都會共謀對策，一致認定「男人沒有一個是好東西，身邊有錢就會作怪，慎防家變，唯有抽緊銀根，嚴加控管」。

或許，天底下的女人都一樣，什麼都不怕，就怕年華老去，而我們家的「老太婆」自然不例外，叫她如何不耽心受怕？面對如此無妄之災，除了苦笑，我還能說什麼呢！

一九九九年九月十一日

憨台與戇金

有一天，一位曾在金門當兵，退役後舉家遷來金門作生意的台商，和一位本土生意人家喫茶閒聊，金商眉頭深鎖大吐苦水，慨嘆自從阿兵哥撤滅之後，生意一落千丈，年逾不惑，面對全球性不景氣，轉業無門，眼看著一家老小就快要喝西北風了！

而看準金門無限商機，才舉家來金做生意的台商，也感慨萬千，因為，以前他在金門當兵，島上到處是穿草綠服的阿兵哥，只要在軍營附近掛塊洗衣牌，或擺個撞球檯，再不然隨便開間冰果小吃，包準生意興隆，大發利市，而那些把薪水和家裡寄來的匯款都花在金門的台籍戰士，統統被金門人叫做「憨台」，換句話說，賺大錢的金門人自認很聰明，把亂花錢的阿兵哥都看成傻子，可惜，風水輪流轉，眼看「憨台」愈來愈少了，金門島上的「戇金」卻愈來愈多！

原來，這位台商曾僱用本地金門人當司機送貨，年紀輕輕的就常跑酒店當「火山孝子」，自已的儲蓄花光了也就算了，甚而把代收的貨款拿去獻殷勤，可悲的是，他鍾情的女人，不是「一朵花的十八姑娘」，所陶醉的竟是那種四、五十度「阿嬤級」的女人，已是千人枕、萬人嚐的「淘汰雞」，不僅在台灣沒人要，還背負數百萬賭債躲到金門來，想不到才短短半年光景，輕輕鬆鬆還清債務，存摺還出現六位數字存款，如此這般，難怪日前媒體報導，金門家庭暴力事件在全國縣市名列前茅，這項佳績，應是「戇金」打造出來的！

平心而論，金商和台商的談話，句句都是不容否認的實情，只是島上「憨台」日漸減少，金門人賺錢的機會沒了；相反的，島上的碉堡被鏟平了，取而代之的是酒店和茶室林立，無分市街或農村，而甘於充當「火山孝子」的「戇金」爭先恐後，甚至連髮危齒凸的老人，也呼朋引伴絡繹於途，還勞一個漂洋過海來討生活的台商替我們憂心，能不感到汗顏嗎？

二〇〇一年二月二十五日

將心比心

新近一次上台北，最令我感傷的是一位經營印刷業的朋友關門大吉，老闆變成伙計，以前是別人幫他賺錢，現在變成他在幫別人賺錢。

當然，其中的轉折，朋友的境遇恐有「不足為外人道也」的苦衷，但是，那樣的結局，卻早在個人想像之中，只差沒料到來得那麼快罷了！

記得十幾二十年，國內印刷界前輩，即勉勵年輕後學：印刷業其實就是印鈔票的行業，所謂「機器一響，黃金數兩；機器一滾，鈔票一捆」，只要肯用心學，腳踏實地努力做，不要妄自菲薄，可以從一台機器做起，然後慢慢擴充，有機會成企業大老闆。

事實上，這些年來，眼看著許多印刷界的朋友，不斷地添購機器設備，擴建廠房，甚至，關係企業也應運而生，只有那位朋友，卻是愈做愈回去，終於到關門歇業的地步！

其實，天下事公道自在人心，我不敢說朋友是咎由自取，但最起碼，那是他自已一手造成的，因為，我曾親自目睹他和客戶起爭執，原因是客戶犯了「習慣性錯誤」，也就是新年初仍寫舊年號，印件忠實原稿地打印出來，拿回去之後才發現時間整整相差一年，形同廢紙一堆，客戶要求重印，朋友卻找出原稿不承認有錯，最後，客戶只得無奈自認倒霉，時間緊迫，不得不再付一次印刷費。我在一旁看他們爭得面紅耳赤，待客戶走後，朋友還得意地小聲告訴我，他早就發現原稿有錯誤，故意不幫他更改，因為，年號錯了一定不能用，務必重印，那麼，一個印件就可以賺兩次錢！

坦白說，我非常不敢苟同朋友的看法和作法，當場給他一個良心建議：經營印刷和作任何生意一樣，面對同業競爭，除了要技術領先，更要設身處地為客戶想，提供物美價廉的服務，才能近悅遠來，細水長流，若一個印件要賺二次錢，無異殺雞取卵，將自絕生路！

古有明訓：「做事先做人，誠信走天下！」作生意和為人處事沒有兩樣，需要將心比心，立場互換，以客戶的想法作考量，才能放諸四海皆準，無往不利！

這一次上台北，發現經營印刷的朋友已關門大吉，很顯然的，當初我的建議，他根本沒有聽進去，怨得了誰？

一九九五年十月二十七日

日久見人心

從前，在某個縣城的衙門裡，有張姓和李姓兩執事，有一天，兩人閒來無事相邀到館子裡淺酌對飲，豈料，幾杯黃湯下肚之後，張執事藉酒裝瘋鬧起事來，然後趁機逃之夭夭，留下傻傻的李執事去付帳收爛攤子，蒙受不白之冤，因此，才有「張公喝酒李公醉」的俗諺流傳後世！

其實，人心隔肚皮，自古已然，於今不改，諸如此類嫁禍他人的情事，並非是古人的專利，因為，在你我的生活週遭，只要善加留意觀察，不難發現類似案例，特別是有些人善於偽裝，平日穿西裝打領帶，一副紳士的模樣，甚至茹素禮佛，給人一種慈悲為懷的感覺，更能令人容易誤信受騙！

幸好，人有兩條腿，凡是走過的必留下痕跡，有脈絡可尋。因為，如果一個單位曾有近十個同仁賭博被逮革職，讓很多人因而蒙上密告的陰影；如果一個長期無波的單位有人因案上檢察庭，很多人無端蒙上檢舉密告的陰影；同樣的，一個原本安居樂業的村子，左鄰右舍常被抓賭及被憲警搜索軍用品，很多村民因而蒙上密告的陰影，造成猜忌互不信任，所幸，「若要人不知，除非己莫為」，如果把這一些事件歸納串連起來，恰有一個人曾在那幾個單位輪調，和住在那個村子，而且，還有諸多蛛絲馬跡可尋，如此這般，長期披著羊皮的狼，尾巴就原形畢露了！

所謂「是非自有定論，公理自在人心」，真的一定假不了，假的一定真不了，喜歡玩「張公喝酒李公醉」把戲的人，偶而玩玩騙得了別人，卻騙不了自已的良知，若是上演連續劇，日久見人心，伎倆遲早會穿幫的！

二〇〇一年一月八日

新春新願

和往年一樣，春節期間「浯江夜話」依例暫歇幾天，今天又輪執筆，開春第一次和讀者見面，除要誠摯向大家拜年，祝福大家新春快樂，萬事如意，更要衷心感謝過去的厚愛與指導，祈望未來不吝繼續惠予鞭策！

的確，過去新春開筆，個人曾馨香默禱，祈求新春三願，可惜，「形勢是客觀的，操之在人」，部份心願杳無音訊，自個兒的企盼如作白日夢，徒增落莫與悵惘！

而今，年盡又逢新歲月，也就不能免俗地再次默禱上蒼；只是，唯恐希望愈大，失望愈大，特將祈望縮減為不追財、不積怨，目標鎖定在個人能力範圍之內，相信「力量是主觀的，操之在我」，時時自勉自勵，躬身力行，也許比較容易如願以償！

然而，為何在大家一片恭禧發財聲中，自己的首願，竟是不追財呢？

或許，這應從窮苦的童年說起，那時侯，住在飽經炮火摧殘的瓦礫堆中，風雨飄搖，且常無隔宿之糧，幼小的心靈曾立下宏願，希望長大後要努力賺錢，以改善家人的生活環境。如今，比起從前，家庭生活是改觀了，可是，這些年來的努力，也僅勉強讓家人「刮風有處躲，下雨能藏身，霜雪全無懼，喧囂可不聞」。換句話說，我們家剛剛脫離貧窮，並沒有累積什麼財富，可是，錢財乃身外之物，該得的才能得，非分之財，一介莫取，所謂的「命裡有時終須有，命裡無時莫強求！」自覺只要一家人平安和樂，金錢夠用就好，何必汲汲營營追逐？

再者，所謂不積怨，因為一個人生活快不快樂，境由心生，繫於自已一念之間；年逾不惑，是該嚐盡人間冷暖，看盡社會醜陋的不公不義，體驗「萬般皆是命，半點不由人」的真諦，畢竟，怨天尤人，只有徒增苦惱，對於名和利，應更看得開、放得下，日子過得快樂又充實！

在這新歲伊始，開筆之初，對「浯江夜話」的讀者，願以最誠摯的祝福，同時，對於有用的財，和無用的怨，也有另一番期許！

二〇〇二年二月二十七日

十二月孑孓變無蚊

社區是出了名的「燕子莊」，每年初夏，燕子成群結隊啣泥來築巢，幾乎每戶人家的門庭前都築有燕巢，少則一、二個，多則整幢房子共築有十來個，蔚為奇觀，因此，每年社區母燕餵食的畫面皆上報成新聞，「燕子莊」聲名不逕而走。

以前，每當看到社區成「燕子莊」的新聞，個人曾暗自竊喜，認為那是「福氣啦！」燕子捕食蚊蟲，為人類除害是益鳥，何況，他們飛越千山萬水，能選擇社區築巢，正是所謂的「有朋自遠方來，不亦樂乎」！

然而，有一次，我推窗遠眺，發現屋後的公園裡，滿佈市場賣魚的保麗龍盒盛土栽菜，鎮公所鄉村整建的排水溝旁，則擺放著許多廢桶容器，有位老婦人暗中打開水溝蓋，堵住溝底的污水，再趁黑夜舀取污水儲存桶中，以備澆菜。值得注意的是，遇到下雨天，儲存桶中的污水仍備而不用，就擺在公園裡，任憑孑孓孳生，羽化成蚊，成為疫病的媒介。

我終於了然徹悟，原來燕群逐蚊而居，爭相來社區築巢，「燕子莊」並不是一件光彩的事，而是環境髒亂的象徵，足以令居民臉上無光！

其實，燕子是候鳥，秋去春來，本來就是為覓食來築巢，不足為奇，只是，政府花數百萬元完成的鄉村整建，惜因公權力不彰，相關單位互踢皮球，拿一個自認兒子權高位重的婦人沒輒，放任社區公園成為養蚊子的溫床，才讓社區成「燕子莊」。畢竟，中國人講究仁恕，燕子飛越千山萬水，好不容易選擇庭前築巢，「既在佛下會，都是有緣人」，豈能拒於千里之外？只是燕巢太多，雛燕排洩糞便，對居家環境構成危害，確實十分惱人！

幸好，一年之中，蚊蟲也只在春夏季節繁衍，才短短幾個月的光景，就像此刻隆冬時節，加諸相關單位曾出面處理開單，雖仍髒亂不堪，但似乎已是「十二月孑孓變無蚊」，沒有惱人的蚊子和燕子，居民可過個清靜的冬天！

二〇〇三年十二月十一日

上網之後

金門日報新聞網站自前年十一月初正式上線以來，每天凌晨時分，不管在天涯海角，都能透過網路，瀏覽金門島上最新的訊息。

隨著報社設備逐步汰舊更新，同仁致力克服技術門檻，一年多來，除各版新聞全部上網，副刊版面文學作品，亦能藉由網路傳輸一覽無遺，而且，附加檢索功能，只要輸入關鍵文字，即能查閱所有相關歷史新聞及文藝作品。

這些日子以來，我們接獲無數旅外鄉親的電話或信函，表示每天深夜遲遲不肯就寢守在電腦前，目的只為看家鄉的最新消息。因為，面對金門日報新聞網，彷如是「他鄉遇故知」，足以拉近鄉心、維繫鄉情，化解遊子思鄉愁緒！

說真的，在金門島訂閱報紙，最快也要天亮之後才能看到報紙，而透過網路，反而在幾個時辰之前即能「先讀為快」。換言之，從電腦網路閱讀金門日報的讀者，當倍蓰於現有訂戶，從線上閱讀人數不斷快速上升，即能管窺一斑！也難怪許多旅外鄉親，對家鄉瞭若指掌，毫無時空隔閡之感！

畢竟，網路傳輸無遠弗屆，透過網路看金門日報愈來愈方便，關心金門的人也愈來愈多，金門日報的角色，已跳脫往昔「戰地軍民精神食糧」的角色，不僅僅是金門訊息的資料庫，更成為「讓兩岸認識金門，讓金門走向世界」的尖兵，因此，加強版面革新、充實內容，增加可讀性，正是我們努力的目標。

所謂「今天的新聞，就是明天的歷史！」金門日報新聞記錄島上的人文活動；副刊版面傳承金門的風土民情與歷史文化。隨著網路傳播，旅外的鄉親、以及關心金門的朋友，更容易認識金門。尤其，旅外新生代的浯島子民，有機會藉以再沐朱子教化、重溫先賢遺風！因此，新聞及副刊版面上網之後，讀者已遍佈全世界，工作同仁益顯任重而道遠，當此調整腳步再出發之際，企盼各界先進及讀者朋友能踴躍賜稿，也不吝繼續給予鞭策與指導！

二〇〇三年六月九日

無悔的信守

民國六十五年剛進報社的時候，擔任日班工作，午休常跑去編輯部，裡面台、港報紙應有盡有，更有許多雜誌。而且，專人負責更換整理，徜徉其間閱覽，真是不亦快哉！

當時，筆名「風衣」的編輯顏伯忠先生，他的辦公桌玻璃墊正中央壓著：「權勢固然可畏，義理不可不爭！」的座右銘，用毛筆寫的，字跡蒼勁有力，紙質已泛黃，顯然已放置一段很長的時日了。

或許，自從看過那則座右銘，仿如鋒刃銘刻心版，特別是他提攜我入行擔任新聞編輯，曾安排在他家書房上了三天課，將其所學傾囊相授，一再叮嚀做新聞守門人，應善盡社會責任，一輩子要堅持信守的，就是不畏強權脅迫，維護公理正義！

因此，在我的腦海深處，時時銘記教誨。軍管時期，曾不為威逼利誘，被羅織「莫須有」的「暴行犯上」罪名調職，兼「留社察看」處分，委任職務只剩「臨時交辦事項」，擔任送報工作。也曾主編言論版，因採用反對金門「開賭場」的文稿，被匿名電話恐嚇警告，仍堅守平衡報導職責，繼續刊登反對者投書，卻突被調離編輯桌，薦任職在工廠印報三年餘，而且，連續四年考績乙等。幸好，個人深信公理自在人心，俯仰無愧天地！

當然，任誰都知道，小蝦米難敵大鯨魚，服公職不懂哈腰奉承，等於自毀前程，可是，權勢所能禁錮的畢竟有限，並不能壓抑一個人的意志與潛能。這些年來，激勵更加奮發，似是因禍得福，自認活得很有尊嚴，倍覺何嘗不是收之桑榆？如今，回首前塵往事，深信假如時光能倒流，依然無悔當初的信守，有所為，也有所不為！

歲月悠悠，前編輯主任顏伯忠先生離開我們十年了，只嘆庸碌如昔，無以回報提攜之恩，唯一足堪告慰他在天之靈的，正是當時殷殷教誨，旦夕不敢或忘，以前如此，將來亦不敢稍怠！

二〇〇二年十月十六日

物極必反

午後時分，寧靜的街心突然來了一個賣香烤鴨的小販，貨車頂上高分貝的揚聲器，不停地重複播放夾著閩南語流行歌曲和叫賣聲，掩蓋來自四面八方的蟬鳴聲浪，迴盪在街頭巷尾，顯得格外刺耳！

或許，人是一種好奇的動物，對於生活週遭的事物，很容易患了「戲仔圍鼓墘」的毛病，對於比較新鮮奇特的事，總要去湊湊熱鬧探個究竟，因此，對一個首次出現沿街叫賣的小販，自是不能例外，紛紛圍過去東瞧瞧、西看看，更有人禁不住誘惑垂涎三尺，立即掏錢滿足口腹之慾。換句話說，自從販賣車來到街心之後，刺耳的叫賣聲就不曾停歇過，讓整個社區的男女老少，不管想不想買，人人耳根不得清靜，無所逃避地接受一遍又一遍的疲勞轟炸！

憑良心說，個人絕非「量小非君子」，蓄意和一個出門討生活的小販過不去，畢竟，這是大家長期鄉愿及公權力不彰的結果，一點兒也不值得大驚小怪，也無庸責怪討生活的小販不識趣，因為，放眼今日社會，很多人仍迷信「一將功臣萬骨枯」，只顧自已升官發財，將侵害別人的權益視為理所當然！

其實，所謂「好話三遍，連狗也嫌！」天底下沒有所謂的絕對，物極必反，任何事過與不及都不好，記得曾聽過這麼一段故事：從前，金門沒有普設國民小學，只有私人開辦的私塾，延聘老師教導子弟讀書識字，曾經，古寧頭從大陸聘來一位老師，由學生家長輪流提供三餐，剛從內地來到海島的第一天，學生以地瓜籤佐以盛產的海蚵炒大蒜，私塾老師初嚐鮮蚵滋味，大快朵頤之後，在課堂上讚不絕口，因此，老師喜歡吃海蚵炒大蒜的消息不脛而走，於是，每個學生家長都想迎合老師的口味，爭相提供海蚵炒大蒜，結果餐餐如此，天天一樣，不想吃也得吃，連續半個月之後，原本心中的美味佳餚，吃久了也形同嚼腊，食之無味！

古往今來，商場如戰場，能掌握先機，就能出奇制勝，而賣香烤鴨的小販，率先引進新技術，現烤現賣，在金門確屬新玩意、新口味，若再像他的叫賣詞「香噴噴、真好吃」，豈不「奇貨可居利權獨攬，財源廣進商場稱雄」？可惜他那一廂情願式的叫賣，吵得人家不得安寧，那一遍又一遍重複地叫賣聲，讓人由煩轉膩，已夠叫人作嘔，誰還會想去買呢？

一九九三年六月十六日

只念一段情

再踏上烈嶼的土地，已是睽違十六年後的事了。車抵東林，迎接我們的是報社駐烈嶼記者洪志慶先生，他剛到中墩採訪縣長主持「真武廟」奠安大典，匆匆趕來陪大家暢遊風景名勝。

烈嶼，就是小金門，而大、小金門之間，隔著一道十五分鐘的渡輪航程。再一次搭船踏上小金門的土地，頓時，眼前像一把時光利劍晴空劈下，剎那之間時光倒流，彷彿回到十六年前那個冬日的午後，我從東林趕到九宮碼頭，但見寒風乍起，海上白浪洶洶，班船停航，無奈地徒步踅回東林，正愁著將滯留烈嶼過夜之際，巧遇志慶兄，他用摩托車載我到碼頭，趕上「華視勞軍團」回水頭的專船，臨下船前，還塞給我一袋照片和新聞稿，順便帶回報社編輯部。

儘管，五千多個日子裡，未曾再踏臨烈嶼，印象中的小金門改變很多，最明顯的，是碼頭和渡輪改善了，過去上岸要搭木板、跳船的驚險情景不見了；而唯一不變的，該是志慶兄騎摩托車奔馳島上採訪的神情！

原來，志慶兄早在民國五十七年起，即幫報社採訪新聞，每天注意烈嶼的動態，傳送最新消息，廿六年來無分風雨寒暑，沒有年節假日，全年無休。若以現今高工資的行情來看，一個月拿個六萬元也不為過，然而，事實上正好是少一個零，而且，那還是縣長特別為他爭取來的「車馬費」哩！

當然，很多事情不能以金錢多寡來衡量，可是，在這以金錢掛帥的社會，究竟有誰願幹這種傻事？而當初，志慶兄選擇幫忙報社做事，就是以當義工不計酬勞，否則，戰地政務時期，公務人員任免沒有什麼資格限制，只要長官喜歡，一個指示下去，憑他的能力，想在報社掛名佔個職缺，真是易如反掌。據他私下表示，都五十好幾了，兒女都大學畢業了，名和利實在算不了什麼，每天為報社撰寫新聞稿，為的只是和報社及同仁擁有一段難以割捨的感情。或許，人是有血有淚的感情動物，志慶兄就是典型的性情中人，能不令人感佩？

一九九四年十一月十九日

前車之鑑

涉嫌利用職權隻手遮天，先後違法冒貸廿八億元從事丙種墊款，不幸因股市崩盤被套牢，以致引發金融風暴的新聞人物——前彰化四信葉姓總經理，終於落網，經檢察官十幾個小時的偵訊，坦承糊塗鑄大錯，被以四項罪名移送法辦。

當然啦！這件冒貸案是自導自演，抑或是集體舞弊，相信司法單位會調查個水落石出，還給社會大眾一個交代，在此，我們毋庸妄加置喙，尤其，一水之隔，風暴中心距我們很遙遠，連日來媒體報導也夠多了，委實不值得跟著去湊熱鬧，更何況，這年頭，金錢當道，賭風盛行，社會上偷搶詐騙，巧取豪奪的事件層出不窮，大家見怪不怪，早已不是什麼鮮事了！

然而，當葉嫌被逮現形之後，神色憔悴，霜白的鬍鬚已多日未刮，形容枯稿呈現在電視面對觀眾，真是情何以堪！花甲老翁不能含飴弄孫安享天年，竟將面對一場牢獄之災，怎不令人嗟嘆？

平心而論，按照一般常理，「初生之犢不畏虎，長出極角反怕狼」，人的一生，大抵在青少年懵懂無知，最易誤蹈法網，迨不惑之年，即能辦別是非，若再犯錯誤，那叫咎由自取，怪不得別人，畢竟，「天雨雖寬，不潤無根之草；佛門廣大，難渡不善之人」，成年人犯錯，不但失去自新的機會，也沒有人會同情了！

其實，認真說，彰化四信冒貸案，雖是葉某個人貪得無厭、慾壑難填捅出來的漏子，卻也活生生地反映社會的病態，換句話說，此次冒貸案，僅是冰山一角，君不見，多少大權在握的人，飽嚐吹捧和歌頌的滋味，很容易忘了自己是有血有肉的人，而處處以能呼風喚雨的神自居，把別人都當傻瓜，雖年邁體衰，猶抱權利不放，夢想功名千古不朽；也有多少人，家裡的錢多得幾輩子花不完，房屋多得數不清，偏偏就不懂「任君蓋屋千百間，一人難睡二張床」的道理，猶一味頭殼削尖尖往錢坑裡鑽，那怕是貪贓枉法亦在所不惜！

歷史是一面鏡子，照著過去，映出未來，葉某年屆花甲不知享福，猶醉心金錢追逐，將面對一場牢獄之災，真不知他是否讀過歷史，要不然，應該知道：「爭名營利苦奔忙，拚得鬍鬚皆成霜，長城萬里今猶在，不見當年秦始皇」！

一九九五年八月十日

紅衣誌

農曆年前，報社社長張春傳先生，決定再分發每位員工一件大紅色的夾克，儘管春寒料峭，天氣濕冷，但是，大家身穿紅夾克，社區重現消失多年的青春活力，處處展現蓬勃生機！

我要特別強調，之所以說員工穿紅夾克，報社又重現青春活力，正因為這是個人在報社第廿五個年頭，所領到的第三件紅夾克，意義不同凡響！

記得民國六十五年，名作家繆綸先生出任金門日報社社長，率先發給員工紅色夾克，當時，金門是烽火連天的戰地，實施黨政軍一元化領導的「戰地政務」實驗，全島公教員工統一配發藍色制服和外套，每次縣政府與政委會單位開會，整個會場望去是一片深藍色，唯獨報社社長穿紅色夾克，呈現萬藍叢中一點紅，顯得得別刺眼，因而遭到批評與非議。

當時，「浯江夜話」還是社長及主任級的專欄，繆社長還曾為此撰寫過一篇「紅衣辯」，指一水之隔中共統治下的大陸鐵幕，人人穿著清一色的藍色列寧裝，被外國記者譏為「藍螞蟻」，而金門是自由的燈塔，當他有權決定衣服顏色的時候，毫不考慮地選擇大紅色，因為，穿上紅色外衣，不管走到那裡，自覺充滿青春活力，實在沒有什麼不好。

往後，軍管時期的軍人社長，也曾依樣發過一件桔紅色的夾克，和前面那件一樣，員工備感珍惜，平時都捨不得穿，雖然，報社很多員工早已「五子登科」——有房子、有妻子、有兒子、有金子，甚至有孫子，連自已也成了老子，卻仍保留那件紅夾克，偶而有宴會才拿出來穿。畢竟，區區一件夾克才千把塊，任誰都買得起，任誰都有能力買更貴的夾克，但是，報社在成功崗上「高處不勝寒」，社長能體恤員工夜間工作，發件夾克禦寒，那份心意並非金錢所能衡量。

農曆新年前夕，員工再獲分發紅夾克，社區處處展現青春活力與蓬勃生機，意義不同凡響，特以記之！

二〇〇〇年三月十四日

不遭人忌是庸才

人的一生，必定有許多事特別刻骨銘心，值得時時感念；尤其，年逾不惑，回首前塵往事，更像「寒天飲冰水，點滴在心頭」！

前些時，中國大陸華南地區發生大水災，慈濟功德會趕到災區發放救濟品，為災民興建住屋，被人指為「資匪」。當時，證嚴上人卻笑著安慰慈濟人：「幫助朋友不稀奇，幫助敵人才偉大」！

說句實在話，從懵懂無知的童年到耳鬢飛白，一路跌跌撞撞走來，精神上和物質上濟助的朋友多不勝數，可是，隨著歲月更迭，馬齒徒增，他們的影像，卻在腦海深處逐漸模糊褪色，相反的，少數仗勢凌人，曾讓我跌得鼻青眼腫，如今驀然回首，卻驚覺「失之東隅，收之桑榆」，因為，由於他們的激勵，造就我「因禍得福」，原本忿恨之心，慢慢轉為感激之情，且有與時日俱增之勢！

當然，我本凡夫俗子，跳脫不出人性的愛恨情仇，幸好，當年有位屆齡退休的長官，返台臨上飛機前，特別跑到寒舍辭行，緊緊握住我的雙手，謙稱沒有什麼禮物送給我，只有「不遭人忌是庸才」七個字要我珍藏，也許可以終身享益不盡。

往後的日子，這位曾在戰地金門幹了三十幾年公務員，看盡公務界不公不義的老長官，還曾在電話中，一再以張良為「黃石公」撿鞋的故事相勉，提供經驗傳承，正因個人具備升遷資格，擋到別人的路遭忌，也因個人對印刷技術及材料價格十分內行，擋到別人採購財路遭記恨，各種迫害整肅隨之而來，如果不能忍上加忍、動心忍性，那正好中了人家設下的圈套！

果然，時光的腳步從未停歇，幾個寒暑在不知不覺中溜逝了，我不但沒有在挫折中倒下去，反而堅此百忍，因禍得福。感恩之餘，倍覺人生旅程真的「條條道路通羅馬」，前面的道路被斷阻，轉個彎或許又是一條寬廣大道，珍藏「不遭人忌是庸才」時時惕勵自勉，真的受益無窮！

一九九九年十一月十七日

有志者事竟成

最近有一位從職場退休的老人，也有一位乳臭未乾的少年，他們雙雙榮登大學聯招金榜，分別考取台大醫學系和台大電機系，成為膾炙人口的風雲人物！

據新聞報導，今年的大學聯考榜單裡，有好幾名特殊考生，獲錄取台灣人人嚮往的最高學府，引起各界廣泛矚目，如曾是「士林之狼」的楊姓受刑人考取台大社會系等，成為媒體爭相報導的焦點。然而，卻很少人知道台大醫學系，出現一位五十三歲的陳姓新鮮人，他是四年前陪兒子準備大學聯考，讀書讀出興趣，從數、理科的門外漢，經過不斷努力苦讀，終於如願和他兒子一樣，考取台大醫學系，當他兒子的學弟，傳為美談！

的確，醫學系是第三類組考生追求的夢想目標，想要摸到那個門楣，各科成績都要八十幾分，每年只有幾百個頂尖高手擠進那個窄門，而台大醫學系更是窄門中的窄門，多少豪門子弟，醫生世家子女，不計代價聘家教補習，希望擠進台大醫科，要的就是那塊閃亮的「金字招牌」，而陳老先生憑著努力自修，前年考取慈濟醫科，去年考取中國中醫系，但都不滿意，今年終於「百尺竿頭更進一步」，如願以償考上台大醫學系。

此外，今年只有十三歲的林姓國中一年級學生，越級參加大學聯考，也以高分考取第一志願台大電機系，成為最年輕的大學新鮮人，媒體封賜他為「神童」，然而，他卻表示自己的智商和一般人差不多，能一再越級考上理想的學校，只因每天認真讀十二小時的書，一切都是努力換來的，並不是什麼神童！

誠然，「人生七十古來稀」，陳老先生唸完七年醫科，若再加上二年專科深造，已屆耳順的古稀之齡，想要懸壺濟世，是否會心有餘而力不足，值得憂慮；而十三歲的少年，身心發育尚未成熟，要獨自在外過生活，同樣值得憂慮，但是，他們有志事竟成努力向學的精神，值得大家效法學習！

二〇〇一年八月三十日

台北不是我的家

每次飛越海峽，當鐵鷹展翼，冉冉騰空升起，回首俯視著漸行漸遠的土地，心裡總有幾分眷戀與不捨！當然，我不是剛剛斷乳的貝比，尚存有戀母情結，更不是頭一次離家的孩子，割捨不斷對家鄉故土的依依情愫，而是這一個小島，那紅磚古厝，田舍農莊，以及串串童年往事，都深鏤記憶深處，旦夕不敢或忘！

還記得少年十五二十時，同學們慨棄天天吃蕃薯，爭相「投筆從戎」到軍營吃大米飯，受了他們的鼓舞和召喚，也曾懷著滿腔沸血和萬丈豪情，想揮一揮衣袖：「男兒立志出鄉關，事若不成誓不還，葬骨何須桑梓地，人間到處有青山」，準備投入軍校，可惜，因為家庭因素不能如願，鬱卒地守著島上的清風朗月，以及一抹濃得化不開的綠。

的確，孩提時，三餐吃蕃薯，父親終年縱橫阡陌間，種出來的青菜一塊錢三斤，還不見得有人買，何況，碰到久旱不雨，作物沒有收成，大家都要餓肚子。因此，長輩曾不時訓勉我們：「金門是個小地方，豆油碟盛不下豬頭！」意即金門島太小了，年青人要效法先民孤蓬萬里征，遠度重洋到外面求發展，留在家鄉，等於「活活馬，縛在將軍柱」！

幸好，金門砲聲漸遠颺，不僅教育普及，更突破對外交通瓶頸，島上居民不必再靠種蕃薯過日子，各行各業，只要肯努力付出，都能安居樂業。

日前，匆匆趕上飛往台北的末班機，到了台北，正值下班時段，車潮洶湧，寸步難行，從松山機場到中和，計程車司機不放棄任何一個可以前進的機會，費了二個多小時才到達目的地，一路上，司機不時感嘆台北居大不易，因為，一趟車開了二個多小時，才收入二百三十幾塊，每天若連續開十個小時的車子，而且保證都載客，扣除油料及耗損，一天能賺多少？而一幢房子動輒五、六百萬，甚至上千萬，開一輩子的車，也買不起一個窩。

老實說，這趟上台北，原本就是希望找一間房子，可是，當不認識的朋友，大嘆台北不是人住的地方，旅台鄉親告訴我他們渴望回金門，尤其，那種出門即塞車的窘況，令我更深刻體認生活的境界，是「結廬在人間，而無車馬喧！」於是，我告訴自己：「台北不是我的家！」想投資置產，還需再考慮！

一九九三年九月三十日

憨佛不通想要聞香煙

廿年前，當金門還實施「戰地政務」的時候，軍民一家、黨政一體，金門防衛司令部政戰部少將主任，也同時兼「政委會秘書長」，在黨政軍一元化領導下的戰地金門，算是「第二把」交椅；當時，有一位縣籍青年投筆從戎當預備軍官，職務包括侍候政戰部主任的三餐。

所謂「人生無處不相逢」，幾年後他從軍中退伍，考上法警，派任台北土城看守所，想不到「有緣千里來相會」，當年在金門家鄉侍候三餐的「將軍」長官，又成為他每天侍候的對象，唯一的差別是：飯菜放在一個小盤子，然後往小窗口推進去。

原來，該名「將軍」長官半生戎馬，光榮解甲之後，並沒有回家含飴弄孫，他把退休金拿去投資「鴻源機構」，獲掛名關係企業總經理，位高權重，活躍在大台北商圈，豈料，鴻源機構是個涉嫌違法吸金，成千上萬的投資人血本無歸，引發「十信風暴」，「將軍」長官的退休金不但就此泡湯，還吃上官司，到土城看守所住長期免費旅館、和吃免錢飯！

當然，在軍中能升上「將軍」，證明智慧和能力都高人一等，理應是個聰明人，不該和凡夫俗子一樣輕易受騙上當才是，可惜，人心不足蛇吞象，辛苦大半輩子，國家給他足夠養老的退休金，卻不能知足常樂，才會讓一世功名毀於一旦！

同樣的，最近地區也不少退休的軍公教人員，他們退而不休，頂著傲人的頭銜活躍在各機關、社團和大街小巷，揮汗散發傳單，鼓勵親朋好友投資購買未上市股票，將來可以賺大錢。而本人幹了近三十年公務員，不但屢成被推銷投資的對象，更是被拉攏加入推銷行列的目標，只可惜，自認家裡尚有高齡父母，下有妻兒，每個月的薪水「青吃都無夠，那有熟仔通晒乾」，豈有閒錢投資風險極高的未上市股票？

當然，這些年來也曾作過發財夢，卻每次被老人家告戒「憨佛不通想要聞香煙」而作罷，尤其，政委會「將軍」長官的故事，常常縈繞腦際，時時引以為鑑！

一九九九年八月七日

有錢之後

根據報載：金門縣金融機構三月份的存款額高達二百一十六億元，放款額則是三十四億元，換言之，若將帳面上的數字，除以地區人口數，每人應有超過五十萬元的存款，金門錢不只已經淹腳目，恐怕已淹過肚臍了！

尤其，值得一提的是，比起三年前同期，存、放款金額均增加一倍，除了顯示台金通匯便暢，也說明終止「戰地政務」之後，地方政府大力推展各項建設，活絡市場經濟，展現藏富於民的實質成效。

然而，由於存、放款金額落差過大，其中隱藏的因素非比尋常，除了再次暴露民間節儉成性，造成游資充斥，投資無門的窘況，可能是地區獲緩稅三年，許多台資為逃避扣繳利息所得乘隙湧入，引發虛胖的現象，不值得沾沾自喜，反而該有另一番省思！

首先，就算咱們真的擁有那麼一大筆財富，金門錢真的已淹過腳目，可是，捫心自問，鄉親樂於見到的「金門航空公司」，為何連八字都沒有一撇？為何太湖仍乾涸長草，卻不能多拿一些錢出來浚深，讓大家一直生活在缺水恐懼之中？

其實，遠的不談，看看生活週遭，多少人仍跳脫不了昔日窮苦的窠臼，君不見，有人夫婦月薪加起來十幾萬，卻仍嗜錢如命，吝嗇得一毛不拔，任人譏諷仍無動於衷；有人「賺九角、存一元」，銀行裡的數字有增無減，家裡的冰箱卻常常空空如也；也有人房地產多到數不清，堪稱富甲一方，卻常到垃圾子車撿拾廢棄物品回家，富人而乞丐命，錢多又有何用呢？所謂「人生七十古來少，先扣年幼後除老，中間光景無多時，又有閒愁與煩惱，春夏秋冬彈指間，鐘送黃昏雞報曉，請君細看眼前人，誰不遲早埋荒草？」那個時候，兩手空空回去，窮和富又有什麼差別？

當然，節儉儲蓄自古即是一種美德，但是，中國人講中庸之道，恣意揮霍或聚財不散，過與不及都為智者所譏，金錢的妙用，在於當用則不省，當省則不用。很顯然的，今天我們是擺脫了貧窮，擁有二百多億的存款，但有了錢之後，切莫沾沾自喜，該動動腦筋如何運用，才是重要課題！

一九九五年四月二十九日

財不露白

上週地區金融單位擁有二百多億元存款，消息見諸報端之後，一夕之間，「金門錢淹腳目」頓成街頭巷尾人們茶餘飯後的閒談焦點，雀躍徹底擺脫貧窮，距「富而好禮」的境界不遠；而有人則憂心忡忡，直指錢財露白，後患無窮！

坦白說，我本凡夫俗子，碰到這麼新鮮的話題，自然不能免俗地寫了一篇「有錢之後」跟著湊熱鬧，除係不甘寂莫發抒胸中塊壘，更為了按時繳稿，了卻一樁工作任務，兼帶賺取每字三毛錢的稿酬貼補家用。

豈料，文稿見報，當天即接獲不少讀者的迴響，他們仍對那則新聞的真實性抱持懷疑的態度，直覺那是銀行間轉、存，所造成的虛胖現象，委實不足以大驚小怪，更對主管單位公布那樣的新聞深不以為然，因為，「錢財露白」自古即為大忌，對地區將是百害而無一益！

首先，他們認為金門孤懸海島，又經過幾十年的軍管，百業待舉，亟待中央經費投資建設，如今，咱們不打自招，炫耀擁有大筆存款，自己有的是花不完的錢，何需中央經費補助？就算人家想給錢，不打折扣也會給得心不甘情不願！

其次，有錢人總是被當成待宰的肥羊，以及小偷、騙子覬覦的對象，這樣的消息傳播出去，勢必讓不法之徒暗中垂涎，徒增安全憂慮，再說，金門與大陸一箭之遙，過去，南洋歸僑常是海盜打家劫舍、或擄人綁票的目標，案例縣史詳細記載，歷歷在目，不遠的一天，兩岸可以自由通往，金門錢雖淹腳目，但大家還能安居樂業嗎？

除此之外，錢財露白最大之後遺症，在於容易造成社會價值觀丕變，那種無形的傷害，才是無可彌補的損失，比方說，在此之前，很多人兢兢業業工作，很容易知足常樂，而今，他們突然發現，別人都那麼有錢，自已一家人長期的努力，原來還差人家那麼遠，可能因而士氣低落，不再敬業樂群，衍生出種種社會問題。

也許，金錢本身沒有罪，有錢也不是罪惡，但是，擁有金錢處理不當造成的災害案例多不勝數，因此，遠離災禍保平安，有了錢切莫炫耀，這點警覺性千萬不要疏忽才好！

一九九五年五月四日

榮辱與共

最近，有四個金門人，一女三男，他們都登上媒體的頭題新聞，連日來成為鄉親茶餘飯後閒談的焦點！

其中，家住金湖成功村的道地金門姑娘陳瑞蓮，在希臘雅典舉行的世界舉重賽中贏得三面金牌，成績打破世界紀錄，將可獲得數百萬元獎金載譽歸國，不但為國爭光，更是大家欣慕的「英雌」，消息傳回國內，記者還特別強調這位「英雌」來自金門，不僅她的親朋好友同感驕傲，身為金門人，相信大家都與有榮焉！

此外，也有三個楊姓金門人，是為同胞兄弟，老大三十一歲、老二是廿八歲、老三才廿五歲，三兄弟年紀輕輕的就開創傲人的事業，旗下成員數千人從事「未上市股票」直銷，卻被最高當局下令高檢署，會同法務部、財政部等動員各地檢調單位，全國同步大搜索偵辦，新聞不只上了電視頭條新聞，報紙更以跨頁大篇幅報導，記者同樣特別強調，集團三兄弟是金門人！

當然，整個事件已進入司法程序，局外人不便妄加推斷，只是，同是金門人，基於「美不美、故鄉水；親不親，故鄉人！」擁有一份血濃於水的情懷，自然多付出一份關懷而已！

往昔，金門地瘠人貧，成年男丁都爭先「孤蓬萬里征」遠赴南洋討生活，所謂「南洋錢，唐山福！」他們在人生地不熟的異邦打拚賺錢，目地就是希望衣錦還鄉，光宗耀祖。而今，小姑娘陳瑞蓮不讓先民專美於前，為國爭光新聞榮登頭條，讓鄉親人人與有榮焉；相反的，有人利用小聰明，搞到最高當局都震怒下令查辦到底，消息見諸報端，著實讓金門人臉上無光！

所謂「君子愛財，取之有道！」一個人來到這個世界上，短短數十寒暑，兩手空空來，也將兩手空空回去，「縱有廣廈千百間，一人難睡兩張床！」今日社會福利做得那麼好，努力賺錢是應該的，沒有必要為成大富翁，而不擇手段，搞到千夫所指，那就太不值得了！

一九九九年十一月二十九日

從「源頭」獎起

不久前，有一位初次在「浯江副刊」投稿的作者，在來稿文末順便詢問稿費計算標準、發放方式，以及文稿經採用刊登，是否寄發當日報紙、或贈送公關報等等。

因為，該篇來稿係用電子檔傳輸，我立即回覆：副刊來稿經擇用刊出，每千字三百元，每月結算一次，因報社是公營單位，報紙是產品，和「金門酒廠」生產的高粱酒一樣，屬於公有財物，依規定任何人不得擅自取用，更不得任意饋贈他人，連報社編採實務人員亦不能例外，每天大清早家裡要看的報份，統統照規定自行花錢訂閱。

當然，自電子媒體興起之後，嚴重壓縮報紙生存空間，能躲過營運困境，不關門倒閉者，也都在年年虧損下苦撐，國內財團大報如此，金門地方小報自是不能例外。換言之，這年頭的報社，無分大小，皆處於「泥菩薩過江自身難保」的窘境，任誰都沒有能力隨著物價波動，調升副刊稿費，甚至，部份報紙為節省開支，把副刊給停了，只剩新聞版面繼續發行度難關！

事實上，「浯江副刊」稿費已快十年沒調升了，以現在的稿費核計標準，如果投寄一篇短稿、或一首新詩，所獲的稿費報酬，恐怕不足以支付購買匯票的手續費或掛號郵資。日前「滄海一粟」作者樂山建議浯副開闢「極短篇」，我即以此當理由，表示沒有優渥稿費誘因，難以徵求到好作品，倘若開闢一個新園地，長不出幾株新苗，豈不是很難看？

日前，又有一位讀者，看到「縣長勉健全社教文化活動基金會，繼續獎助徵集出版金門文學叢書，希望能讓藝文展覽走出金門到海內外參展」的新聞，打電話到報社，建議獎助應從源頭獎勵起，認為金門日報屬公營單位，且處於虧損狀態，要調高副刊稿費並不容易，若能補助經費提高「浯副」稿費，激勵海內外鄉親投稿意願，要出版金門文學叢書，何愁沒有好作品？最後，他還特別強調，因只會說、不會寫，否則，一定要寫一篇投書，建議少裝幾盞路燈、或少舖一塊水泥地，用那一筆經費調高「浯副」稿費，算是文化建設，或許，更有助向「觀光立縣、文化金門」大步邁進！

二〇〇三年六月三日

跟上時代腳步

以前，寫作投稿的朋友，通常自稱是在「爬格子」，有些則謔稱是「塗鴉」，皆以有格的稿子寫文章，付郵投寄給報刊或雜誌社，若被採用刊登，將會收到以郵局匯票交寄的稿費，不管數額多少，那是心血的結晶，彌足珍貴！

而今，時代在變，環境跟著不同，電子網路興起之後，「伊媚兒」傳輸無遠弗屆，快速便捷，以致貼郵票的信函愈來愈少，加諸實施勞基法及週休二日，郵資連番高漲，若以平信交寄，郵資雖較便宜，但碰到假日郵差不投遞，可能很多天後才會收到，有時效的文稿，可能因延宕變質；若用限時掛號交寄，速度是較快，且不容易掛失，但郵資動輒二、三十元以上，所費不貲。何況，以當前報刊雜誌能公開接受投稿的園地日漸萎縮，很多刊物稿件錄取率都在百分之五以下，好不容易寫出來的一篇文稿付郵投寄，石沈大海的機率很高，還沒賺到稿費，可能連郵資也白白損失！

其實，在電子媒體興起之後，嚴重壓縮平面媒體生存空間，能不被時代洪流淹沒的刊物，無不大力減少人事費用支出，以求永續經營，因此，作業全面電腦化，拒絕手寫投寄稿件，只接受電子檔，令許多不懂敲鍵盤的老作者，處處碰壁！

一般而言，編輯、排版與校稿人員，最怕的是龍飛鳳舞的文稿，三更半夜匆忙作業之中，碰到看不懂的字，真是一個頭二個大，因此，電腦普及以來，電子檔成了出版作業人員的最愛，不但閱稿一目了然，可以減少舛誤，更重要的，稿件交寄便捷，易於爭取時效！

誠然，若用手寫郵寄文稿，除非附貼足郵資的退稿信封，否則，報社礙於人力和財力，很難與作者聯繫，很多文稿被迫割愛成遺珠；若用電子檔傳輸，編者敲幾個鍵盤，無需金錢花費「舉手之勞」即能與作者溝通互動，文稿的問題將迎刃而解，可能很快刊登見報！

喜歡寫作投稿的朋友，使用電腦打字，已是無可抵擋的時代潮流，只有跟上時代的腳步，才不會被淘汰！

二〇〇三年六月十五日

吃米知米價

痴長四十幾年來，我習慣於茶來伸手，飯來張口，完全符合孔老夫子「君子遠庖廚」的理念，說得更明白一點，飯我每天吃，但若問我米一斤幾塊錢，真是「歹勢」啦！實在是「莫宰羊」！

其實，我常常上超商幫老婆買米，只是，每次都依她指定的廠牌如數購買，拿大鈔找零，從來不曾問過一斤米幾塊錢，因為，自己出身農家，深知「鋤禾日當午，汗滴禾下土，誰知盤中飧，粒粒皆辛苦」的境地，而且，從沒有討價還價的習慣，深覺生意人做買賣提供服務，合法納稅繳房租，賺取價差仍天經地義的事，蠅頭小利何必斤斤計較呢？再說，劉福助所唱的「天下第一戇，是吃煙吹風；第二戇，是弄球相撞」，而我買幾斤米煮飯，就算貴一點又何妨？所以，我常自嘲是標準吃米不知米價的人！

可嘆的是生活周遭，與我同樣患有「吃米不知米價」毛病的人可真不少，譬如說：日前有一所學校的職員大吐苦水，因為，校長一幹二十幾年，薪水早已調漲十幾倍，可是，在他的印象裡，許多文具價格仍停滯在舊年代裡，以前一張獎狀紙只有巴掌大，模造紙印刷，庸俗小氣，每張二塊錢，可是，廠商早已不生產，取而代之的，是進口美術紙加燙金，連校徽套印上去，美觀又大方，申購兩百張才一千六百元，提出申購的職員，卻被校長當眾被罵得狗血淋頭，直斥二塊錢的東西，為什麼用八塊錢買回來，因為，很多當官的自認「官大學問大」，小職員只有忍氣吞聲，把它當作耳邊風，否則，又能怎麼樣？

當然，「當家才知柴米貴，養兒方知父母恩」，一家之主凡事宜量入為出，開源節流，當用則不省，當省則不用，吃米可以不知米價，添滿一大碗吞下去不出聲保證沒事，但若是「縮、儉、餓鬼、擱離唸！」恐怕只有自暴其短，平添笑話而已！

二〇〇〇年五月十七日

成敗一念間

報社社長張春傳先生榮陞，奉調縣府履新，結束三度與報社「相聚是緣份」的關係，展開「分開是朋友」的人生新旅程，令同仁不勝依依！

是的，張社長曾三度在報社服務，年輕時擔任採訪記者和編輯，當選二任金沙鎮長之後，又回到報社任彩印廠廠長，榮陞安老院院長之後，再回到他熱愛的新聞工作，擔任報社社長，由於秉持「相聚就是有緣，分開就是朋友」的處世原則，因此，不管到那一個單位，都與大家相處愉快，單位團結向心，和衷共濟，任內將原來一張半的版面，擴大成二張；更值得一提的是，報社引進彩色印刷二十餘年，一直苦無法突破技術瓶頸，將報紙彩色化，張社長到任後，精心擘劃，以「不成功便成仁」的決心，率同仁衝破難關，終於把報版彩色化，將報社提升至更高一層次的境界！

平情而論，一個單位的領導者，就像輪船的掌舵者，握穩大原則、大方向，以德服人，擁有更寬廣的胸襟與包容心，而不是手握生殺大權，極盡吹毛求疵，在各部門派駐「限時專送」和「快捷郵件」，或處處暗置「傳真機」，廣佈「報馬仔」實施白色恐怖，讓員工人人相互猜忌，紛爭不斷；更不是「順我者昌，逆我者亡」。愛之，國王的人馬，只要我喜歡，沒有什麼不可以；恨之，國家考試及格的荐任官，一個月內可以用各種罪名羅織七次申誡，調到工廠去做工，不但扭曲文官體制，且踐踏員工尊嚴，如此這般，單位如何團結向心，相處形同水火、劍拔弩張，別後又如何不視同寇讎？

記得葉競榮任金門防衛司令官時，喜歡看「浯江夜話」專欄，還剪輯成冊，曾在擎天峰召見吾等執筆同仁，勗勉「一個人在職若讓大家恨不得他趕快滾蛋，則他為人是失敗的；反之，一個人離職時讓大家依依不捨和懷念，則他的為人是成功的！」如今，張社長榮陞離開報社，我們誠摯祝福他，深深懷念他！

二〇〇〇年四月二十三日

莫劃地自限

記得當年入行當編輯的時候，前編輯主任「風衣」在他家的閣樓幫我上了三天課，一再叮嚀的是：「幹編輯當新聞守門人，要善盡社會責任，讓錯誤的消息進不來，也出不去」、「要珍惜記者和作者的文稿，那是他們心血的結晶，非絕對必要時，不要輕易刪減！」

的確，十幾年來，每晚步上新訊樓坐上編輯桌，念茲在茲，除非版面真的容不下，或是舛誤、累贅字句，否則，絕不輕易動筆刪減。有一次，一封文辭並茂的讀者投書，但字裡行間隱藏著「兩國論」，作者對中華民國統稱「台灣國」，對大陸都指「中國」。因為，金門日報仍屬「官報」性質，登載之文字，豈容違反憲法，跟著「分裂國土」的論調起舞？

一般而言，每家報社都有自己的立場和原則，對來稿都有修潤權；開放園地接受公開投稿，不等於是當「垃圾桶」任人亂丟置紙，絕非作者的文稿都應「來函照登」，畢竟，報紙白紙黑字，發得出去，收不回來，即便是「文責自負」的投書，出了紕漏，編輯未盡守門之責，也難辭其咎，不是嗎？

因此，對於有問題的文稿，諸如類似「兩國論」的字眼，作者又無註明不得刪改，編者有絕對的責任加以修潤，將「台灣國」改為我國，文稿刊出後作者很不高興，下次來稿即特別註明「文字不得刪減」，他願負完全責任，仍放言「兩國論」。站在報社的立場，類似的大作，只好割愛請另投其他大報了。

作者寫文章投稿，就像打籃球投籃，首先要配合籃框方位，瞄準之後再出手，才能應聲入網獲刊登見報；而編者的職責，即在眾多來稿之中「去蕪存菁」，擇優錄用以饗讀者，負成敗的責任，沒有人願選用有問題的文稿，搬石頭砸自己的腳！

日前，喜獲一篇「極短篇」來稿，內文至為溫馨感人，本決定儘快安排版面刊登，但因題目訂為「午後殺人事件」，經溝通作者堅持不改，文稿檔只得繼續留在電腦資料庫了！

二〇〇三年六月二十一日

我心有佛

金門蕞爾小島，太武巨岩由對岸鴻漸山脈蜿蜒渡海而來，尊嚴莊重，儼若仙人臥地，因而素有「仙山」的美讚。幾百年以來，「仙山」鍾靈毓秀，孕育英多，鄉賢人文薈萃，科甲聯登；甚至晚近幾次兵燹之災，也都能福佑子民，逢凶化吉，百姓免於荼毒，據說都拜「仙山」庇蔭。

小時候，常聽「金門是佛地」的種種傳說，及長，走遍島上村落，發現大村小村，都建有廟宇，供奉忠孝節義先聖先賢，尤其，廟宇常是村民休閒聚會的場所，菩薩神靈更是善男信女的精神支柱與生活規範。每逢王爺寶誕，往往全村老少總動員，神輿出巡，旌旗飄揚，鑼鼓喧天，鞭炮聲不絕於耳，村夫村婦平日省吃節用，金錢卻甘於虔誠祭神拜佛，在在說明「金門是佛地」傳言不虛。

我不是佛教徒，不懂得參禪禮佛或誦經梵唱之道，記憶裡，只記得孩提時常幫母親提三牲素果籃到廟裡拜拜，看母親合掌頂禮，唸唸有詞，幼小的生靈，面對威武顯赫，栩栩如生的佛像，早已烙下神聖不可侵犯的印象。而今，離家在外，鮮少進廟堂，連寓居處也沒有供奉觀音如來佛，然而，生活之中，我心有佛，時時刻刻，我叮嚀自己：舉頭三尺有神明，自己的一言一行，要赤裸裸地面對定非善惡的文武判官，遮掩不住絲毫罪惡和私慾。

此外，我更堅信天道輪迴，因果報應的佛家哲理。因此，每天面對父母妻兒，全家人健康快樂，內心感到無比的滿足，感念這是長輩修來的福蔭，所謂「前人種樹，後人乘涼」，為了子孫，自己的行為怎能不更加的謹慎！

其實，信佛如佛在。三千年前孔老夫子不談「怪、力、亂、神」，可是，不談並不表示不存在，就是當下科技昌明，生活之中，鬼神之事仍無可避免，相反地，人類物質文明之後，有錢又有閒，心靈反而空虛，問神卜卦之風愈來愈盛，可是，自懂事起，我不曾算過命、卜過卦，因為，我只相信心中的佛。

日前，有人平地走路摔傷，隔天又有人在同一地點遇陰風，消息傳開，引起少部份人的膽顫，紛紛燒紙錢祭拜，而每天，看完大樣走出編輯室，子夜的大地一片漆黑沈寂，只有風在樹梢呼咻，回家的路上，自信白天不做虧心事，也就沒有什麼好懼怕的了！

一九九二年十一月八日

後記

但使願無違

在我三歲那年，爆發「八二三炮戰」，四十四天大戰當中，金門一百五十二五方公里的小島，落彈近五十萬發；由於村後國軍佈置八門「一五五榴彈炮」，因炮兵開火，慣例先轟炸對方炮陣地，所以，村子遭「池魚之殃」落彈特多，我們家唯一棲身的磚瓦房，先後中了七發炮彈，同時，灌溉的水井被震跨，連耕牛也被炸得身首異處，唯一慶幸的是，一家老小毫髮無傷！

自古以來，農村需要大量人手，家家孩子一大群，我們家也一樣，兄弟姊妹七人，個個嗷嗷待哺。金門是海中孤島，到處黃沙滾滾，能耕種的田地本不多，成年男丁皆遠赴南洋討生活；先祖自對岸泉州渡海前來墾牧，祖父有五個兄弟、父親也有五個兄弟，祖產得作廿五等份均分，偏偏我也有五個兄弟，將來若要靠耕種維生，將無立錐之地。何況，適逢「國、共」兩軍隔著金廈重兵對峙，金門居民管制不准出境到南洋謀生，島上無分男女，年滿十六歲即納入民防自衛隊，配發槍枝接受軍事訓練，隨時為保鄉衛國與國軍併肩作戰。

當年，金門教育不普及，普遍是借用村落中的宗祠當教室，學生打赤腳在敵人的砲聲中上課，很多人等不及唸完國民小學，只要有一枝步槍高，就紛紛報考「士校」當兵吃大米飯，不必天天喝蕃薯湯，家裡也可申領眷補米糧。

或許，由於當時營養不良，唸國中以前，我的個兒一直沒有步槍高，而且，有人當著母親的面嘲笑：「一個兒子娶媳婦，聘金等開銷至少要二十萬元，五個兒子就要一百萬，沒田、沒地、沒產業，憑什麼娶某，將來恐怕要被人家『招女婿』改姓！」

因此，父母親發願：孩子既然已生下，無論日子再怎麼辛苦，也要讓所有孩子唸完金門最高學府——金門高中，更不能被招贅改姓。事實上，雙親生長在日據時代，沒有機會讀書識字，僅靠種一塊錢三斤的青菜、和剝一斤一塊五毛錢的海蚵，沒有固定收入、也沒有「子女教育補助費」，卻能在敵人的炮火下，讓五個兒子先後唸完金門高中，雖然，在那窮苦的年代，部份孩子未能升大學，但其中有人在離島從未補習，卻能自力考上醫學系；更值得安慰的是，五個兒子都已成家立業，沒有人出嗣或贅入他姓。

坦白說，當年個人高中畢業未能升學，迄今不但沒有怨與恨，反而非常感謝父母，因為，當時一家老小生活無以為繼，他們沒有為了領取軍眷米糧，強逼我們兄弟去當兵，甚而能讓我們到城裡唸高中，確實是非常的不容易。

當然，因為自己沒有學歷，自覺要在職場存活，就不能沒有學識、也不能沒有能力，所以，平時努力看書、閱報，希望在「社會大學」裡多多充實自己。很幸運地，進入金門日報工作之後，承蒙時任編輯主任的顏伯忠先生諄諄教誨，提攜擔任新聞編輯，並因工作關係得與文字為伍，逼著自己每天要看很多份報紙、找時間閱讀古典史籍，並時時關心社會脈動，所謂「世事洞悉皆學問、人情練達即文章」，幾年之後，幸獲升等考試及格，在「無牛駛馬」的情況下，先後晉升編輯主任及總編輯，然因長期上夜班，且沒有固定假日，金門雖已開辦大學，惜仍無緣進修補學歷，幸好，為應工作需求，每天更勤於讀書、閱報，才能獲取更多的知識。

如今，能獲「秀威資訊」發行人宋政坤先生、主任編輯林世玲小姐之協助，願同時出版「人間有情」、「天公疼戇人」、「心寬路更廣」、和「心中一把尺」四書，同時，更幸運能獲知名作家丘秀芷女士、國際知名法學博士傅崑成教授、金門文壇前輩陳長慶先生，摯友陳欽進兄等分別作序，以及蔡群生先生為文稿校對、名書法家張水團先生為書名題字，謹此同表感謝。

值得一提的是，文壇前輩陳長慶先生際遇比我還糟，唸完初一即因家境所迫輟學，靠賣書、賣報維生，卻能自修苦讀，並不斷向各報刊投稿，所寫的金門鄉土小說和散文，備受讀者喜愛，迄今已結集出版二十七本書，分別在各大書店和網路書城出售。

回首前塵往事，當年我的父母不識字，為恐孩子娶不到媳婦，因而發願無論再怎麼辛苦，也要讓孩子讀完高中，不能被人家招贅改姓；如今，他們的願望達成了！想想自己年逾不惑，雖然沒有學歷，卻依然擁有時時努力學習、和接受挑戰的勇氣，儘管，靠自修投稿寫作之路非常辛苦，但金門文壇前輩陳長慶先生，正是我效法的好榜樣，因此，願借用陶淵明的詩句：「晨興理荒穢，帶月荷鋤歸；道狹草木長，夕露沾我衣；衣沾不足惜，但使願無違。」作為鞭策自己的動力、與努力的方向，祈盼有朝一日，願望也能實現！

二〇〇七年十一月二十五日

國家圖書館出版品預行編目

心寬路更廣 / 林怡種著. -- 一版. -- 臺北市 ：
秀威資訊科技, 2008.01
面； 公分. --（語言文學類；PG0166）

ISBN 978-986-6732-55-3（平裝）

855　　　　96025015

BOD Books on Demand　語言文學類　PG0166

心寬路更廣

作　　　者 / 林怡種
發 行 人 / 宋政坤
執 行 編 輯 / 林世玲
圖 文 排 版 / 郭雅雯
校　　　對 / 蔡群生
封 面 設 計 / 莊芯媚
書 名 題 字 / 張水團
數 位 轉 譯 / 徐真玉　沈裕閔
圖 書 銷 售 / 林怡君
法 律 顧 問 / 毛國樑　律師
出 版 印 製 / 秀威資訊科技股份有限公司
台北市內湖區瑞光路583巷25號1樓
電話：02-2657-9211　傳真：02-2657-9106
E-mail：service@showwe.com.tw
經　銷　商 / 紅螞蟻圖書有限公司
台北市內湖區舊宗路二段121巷28、32號4樓
電話：02-2795-3656　傳真：02-2795-4100
http://www.e-redant.com

2008 年　1 月　BOD 一版
2009 年　11 月　BOD 二版
定價：270 元

讀　者　回　函　卡

感謝您購買本書，為提升服務品質，煩請填寫以下問卷，收到您的寶貴意見後，我們會仔細收藏記錄並回贈紀念品，謝謝！

1.您購買的書名：________________________

2.您從何得知本書的消息？

☐網路書店　☐部落格　☐資料庫搜尋　☐書訊　☐電子報　☐書店

☐平面媒體　☐ 朋友推薦　☐網站推薦 ☐其他__________

3.您對本書的評價：(請填代號　1.非常滿意 2.滿意 3.尚可 4.再改進)

封面設計____　版面編排____　內容____　文/譯筆____　價格____

4.讀完書後您覺得：

☐很有收獲　☐有收獲　☐收獲不多　☐沒收獲

5.您會推薦本書給朋友嗎？

☐會　☐不會，為什麼？______________________________

6.其他寶貴的意見：____________________________________

____

____

____

讀者基本資料

姓名：________________　年齡：_____　性別：☐女 ☐男

聯絡電話：______________ E-mail：_________________

地址：____

學歷：☐高中(含)以下　☐高中　☐專科學校　☐大學

☐研究所(含)以上 ☐其他______________

職業：☐製造業 ☐金融業 ☐資訊業 ☐軍警 ☐傳播業 ☐自由業

☐服務業 ☐公務員 ☐教職　☐學生 ☐其他__________

請貼
郵票

To：114

台北市內湖區瑞光路 583 巷 25 號 1 樓

秀威資訊科技股份有限公司　　　收

寄件人姓名：

寄件人地址：□□□

(請沿線對摺寄回,謝謝!)

秀威與 BOD

BOD（Books On Demand）是數位出版的大趨勢，秀威資訊率先運用 POD 數位印刷設備來生產書籍，並提供作者全程數位出版服務，致使書籍產銷零庫存，知識傳承不絕版，目前已開闢以下書系：

一、BOD 學術著作—專業論述的閱讀延伸
二、BOD 個人著作—分享生命的心路歷程
三、BOD 旅遊著作—個人深度旅遊文學創作
四、BOD 大陸學者—大陸專業學者學術出版
五、POD 獨家經銷—數位產製的代發行書籍

BOD 秀威網路書店：www.showwe.com.tw
政府出版品網路書店：www.*gov*books.com.tw

永不絕版的故事・自己寫・永不休止的音符・自己唱